T0038045

Cochabamba

Jorge F.
Hernández

Cochabamba

Papel certificado por el Forest Stewardship Council®

Primera edición: noviembre de 2023

Printed in Spain – Impreso en España

ISBN: 978-84-204-7712-1
Depósito legal: B-15696-2023

Impreso en Unigraf, Móstoles (Madrid)

AL77121

Para Philippe, que me regaló el paisaje al presentarme con Xavier.

Para Gabo y Mercedes, que vivieron esta historia de oídas.

Palabras

Es inevitable. Llevo ya tantos años narrando la historia que me llegó la hora de intentar escribirla. Tengo la libreta del primer día y guardo también otras dos con dibujos y hasta un mapa diminuto que pegué en una página cuadriculada para localizar lo impalpable. Al paso de años, me han grabado narrando la historia y el cuento parece que se fue cuajando solo, aunque desde el principio quería convertirse en novela. En una sobremesa con unos escritores aprendí que los relatos que uno narra repetidas veces a lo largo de una vida nos avisan que ya están listos para tinta en cuanto nos damos cuenta de que los hemos narrado por lo menos dos veces sin mayores alteraciones. Cuando lo narrado se cuenta en voz alta sin cambios en sus hilos, nace la semilla que lo puede convertir en novela.

No recuerdo la fecha exacta en la que me llamó mi amigo Philippe para presentarme verbalmente con Xavier Dupont. Me dijo que era diplomático francés y que les ocurría a ambos el antojo de asistir a una corrida de toros conmigo de guía. Acepté con la condición de que me invitaran a comer el día de la corrida, luego de asistir al sorteo de los toros a lidiarse por la tarde, pues desde ahí empieza el enrevesado ritual del azar que envuelve toda la liturgia de la tauromaquia. Por azar, Philippe no pudo llegar ni al sorteo y, por ende, conocí a Xavier Dupont en los corrales de la Monumental Plaza de Toros México y nos fuimos a comer sin conocernos del todo, pero dispuestos a lidiar en dos idiomas las películas y los libros, los poetas y paisajes que muy rápidamente fueron arando el paño de lo que se volvió una amistad imborrable.

Que se sepa de una vez por todas que hay cuentos que se regalan entre escritores, bien porque el autor en potencia se rinde ante el enigma de no poder encontrarle solución a lo que sueña durante meses como principio de una travesía o final de un trayecto, o bien porque hay samaritanos que acostumbran regalar perlas al Otro. Hablo de un pacto que sólo se sabe entre el autor que se rinde ante los enredos de una trama y decide legarla al colega que ha de resolverla como mejor se le dé la tinta. He regalado cuentos que no pude cuadrar ni resolver, tanto como he recibido regalos invaluables de nudos, personajes y desenlaces que obsesionaban a los escritores que decidieron hacerme el quite, quitándoselos de encima para honra y reto de quien se encargará de rematarlos, para bien o para mal. Digo lo mismo de libros, e incluso, de amigos: la alquimia de presentar a dos amigos sin saber si han de triangular la amistad entre ellos o multiplicarse en afecto es equivalente a poner un libro en manos de alguien a quien la lectura bien puede cambiarle la vida o por lo menos, aliviarle el ánimo.

De eso también hablé con Xavier Dupont en la primera madrugada de nuestra amistad a primera vista, y al filo del amanecer, nos despedimos con la intención de volver a vernos en pocas horas. Se supone que cada quien pretendía dormir un rato y reunirnos en el desayuno previo a que Dupont se dirigiera al aeropuerto y sí, hasta que estábamos ante un plato de papaya y jugo de naranja que parecían gestos del Sol, me enteré de que Xavier Dupont era Agregado Cultural de Francia en Cuba y que su escapada a México había sido exclusivamente planeada para asistir a una corrida de toros con un frustrado torero que se dejó engordar con el necio afán de escribir novelas.

Xavier, al amanecer, ya se había mostrado como un maravilloso conversador francés en español (y viceversa), amén de diplomático de serena cordialidad que saciaba su antojo de tauromaquia en la plaza de toros más grande del mundo, sin saber ambos que se fincaba una estrecha amistad en conversación callada en medio de un embudo donde cincuenta mil aficionados presenciaban el sacrificio y muerte de unos animales que parecen mitológicos.

Cuatro meses después de aquella corrida de toros de cuya fecha no tenemos por qué recordar, me llamó Xavier Dupont. Estaba de vuelta en México, hospedado en el mismo hotel y con ganas de prolongar la conversación de libros y poetas que habíamos dejado pendiente en el mantel de un desayuno. Aunque no importe la fecha, quizá sea de importancia mencionar que se cumplían exactamente cuatro meses desde la última vista y me esperaba a comer en la misma mesa que nos había servido de desayuno el día que partió de vuelta a Cuba.

Es también probable que ambos vistiéramos la misma combinación de ropa del primer encuentro, como si saliéramos los dos de una fotografía inexistente donde apareceríamos ambos sentados en los tendidos de la plaza de toros más grande del mundo. Digamos que así podría diseñarse la portada para esta novela: una buena fotografía en blanco y negro de dos individuos, sentados uno al lado del otro, en medio de una multitud o en medio de la nada, conversando los prolegómenos de una historia que se convierte en un cuento digno de multiplicar su follaje en novela. Sin que ninguno de los dos imagináramos del todo lo que está por escribirse a partir de una narración que hasta parece tocarse, oler y verse... siendo solamente no más que palabras.

Abrí boca informando que ya no era temporada de toros y Xavier me la calló al instante:

—No... no... ahora vengo para verte por otro asunto. He hablado con mis dos hermanos y decidimos que seas tú quién escriba la historia de nuestra madre. Mamá vive en París y está también de acuerdo con que seas tú quien la narre.

Creo que tosí. Creo que tomé primero un largo sorbo de café y que encendí un cigarro (cuando aún se podía hacer eso en público) y le respondí que me parecía muy honroso, pero que —según la versión más pedante de mí mismo— *así no se cocinaba la literatura*. Creo incluso que tuve el descaro de añadir que ha habido no pocas ocasiones en que se me ha pedido ocuparme de una biografía como boleto garantizado para una fortuna que habría de compartir con quien me confiaba todos los secretos avatares y desconocidos logros de su vida. Por ejemplo, como prometieron dos camareros de Madrid y un taxista de Guadalajara.

—Me imagino, *Georges*... pero lo hablé con mis hermanos; el que es cineasta y el más joven que trabaja en Suiza... y no podrás negar que al menos me permitas contarte de qué va la vida de *Ma Mère*... porque allí hay por lo menos un buen cuento largo... o *nouvelle*, que tanto le gustan a ella.

No habíamos visto aún el menú y ya estábamos distrayéndonos en la compartida conversación que divide al cuento largo de la novela corta; el afán de leer relatos en voz alta y también las lecturas maratónicas de grandes novelones como homenaje polifónico para honrar la memoria de los grandes escritores... y parecería que nos desviábamos del propósito esencial con el que volvía Xavier a México, cuando sin gastar más saliva pareció trazar un punto y aparte sobre la nieve blanca del mantel y empezó a contarme lo que aquí ya nace como la novela de su madre.

Cochabamba

Marzo, 1932. Digamos que el patriarca se apellida Equis y que se llamó Evaristo. Dueño de minas y demás economías, Don Evaristo se enorgullece a diario con los números del Debe y el Haber, las cuentas saldadas y las ganancias depositadas en los bancos. Luego, viene la familia: tres hijos varones y Catalina, la niña de sus ojos.

De su mujer —Doña María Luisa—, hay quien reduce su condición a la de la resignación silenciosa, incluso cómplice de las rutinas férreas con las que Evaristo Equis saboreaba el imperio de su patriarcado, abiertamente entrelazado con las peores formas del machismo más necio. En casa de Equis se desayunaba, comía y cenaba exactamente lo mismo en lunes que en miércoles y viernes; había un menú alternativo para las tres comidas de martes, jueves y sábados, sin discusión ni reclamo, y Doña María Luisa hacía ojos ciegos cuando alguno de sus hijos osaba intentar enfrentar el poder del padre y pedir antojos sin agenda. Hubo días en que el hijo mayor dejó sin probar la sopa de un miércoles, y el patriarca ordenó que le sirvieran allí mismo, encima de la sopa, el segundo plato y la ensalada para que pareciera plato de perro. Dicen que los domingos parecía festín porque se servían las sobras de la semana, todas juntas y revueltas... como plato para perros.

Don Evaristo impuso en las tres comidas un rito de servilismo imperdonable: nadie podía hablar hasta que él y sólo él les dirigiera la palabra. A la hora de la comida —no tanto en los desayunos, porque en las mañanas no siempre coincidían todos a la mesa— nadie podía hablar hasta que hablara el Padre, con mayúsculas. Sólo podías hablar si Él, con mayúscula, te dirigía la palabra y entonces sí, podías responder. Peor aún, quedabas obligado a responder. Así la esposa y también los hijos. A pesar de la rigidez dictatorial de Don Evaristo, era un padre reverenciado por sus hijos, y Doña María Luisa enfatizaba el ritual de que tampoco se podía empezar a comer o probar la sopa o partir el queso hasta que el patriarca tomara el primer sorbo o masticase el primer bocado. Todos sabían que Evaristo Equis era dueño de una fortuna y señor casi feudal de un ejército de obreros mineros, empleados en oficinas y socios empresariales a lo ancho de toda Sudamérica. Evaristo era el rey de Cochabamba, quizá a la sombra de su rival Atenor Patiño —*rey del Estaño*—, pero al menos, Evaristo se sabía amo y señor sin sombra alguna en su mansión de dieciocho habitaciones, once criados, dos cocineras que habían sido nanas de sus hijos y un despliegue invaluable de muebles, espejos, gobelinos, platería, maderas y mármoles esparcidos por cada rincón de su paraíso patrimonial. Que no quepa duda: Don Equis era incluso cruel con sus criados y obreros de la mina. Dicen que llegó a deambular entre ellos con un fuete (otros hablan de látigos) y que a menudo extendía la mano derecha esperando que se la besaran los peones.

Fernando Equis, el hijo mayor, pretendía seguir los pasos del Padre y se había preparado desde la adolescencia para hacerse cargo de las minas. El de en medio —Juan Bernardo— es contador y llevaba las cuentas de todas las empresas y economías del viejo Evaristo; se había especializado en finanzas no sólo en aulas de La Paz en Bolivia, sino en Buenos Aires y en alguna que otra universidad norteamericana, para así convertirse en el mejor administrador posible para el imperio de Don Equis. El tercero de los varones, llamado Luis Antonio, tuvo inquietudes artísticas que fueron evidentemente sofocadas por el Padre y se volvió un hombre que aprendió intuitivamente los rudimentos de la minería y sabía mucho de esos tiros dentro de las minas, y se podría decir que vivía literalmente metido en la mina, bajo tierra.

Es injusto que el retrato de la madre quede sólo como paño de servil quietud. Doña María Luisa fue una madre amorosa incluso antes de embarazarse del primero de sus hijos, pues fue el hombro que mimaba a escondidas los tropiezos del hombre que soñaba con reinar en opulencias, y conforme le llegaron sus críos, se volvió una reina de la palabra *hogar*, de los estambres con los que confeccionaba perfectas prendas y de los hilos de carpetas, carpetitas y manteles. Dueña del sazón de su cocina, Evaristo creía honrar sus delicias con el invento de los menús inamovibles, cuando en realidad podría haberla dejado probar a lengua suelta todas las recetas que había heredado de siglos pasados en ollas de su familia, o sortear diferentes sabores que soñaba traer de vuelta a su mesa con cada uno de los viajes al mundo en los que acompañó al patriarca incontestable.

Era una mujer que guardaba en el pecho la conciencia ajena del marido. La que silenciaba para sí misma las cuentas pendientes, las que no son de números ni de plusvalías: corruptelas y cochupos, acuerdos oscuros con políticos deleznables y abusos de lesa autoridad que su marido fue inventando para sí mismo. Era una mujer que en contadas y muy íntimas ocasiones llegó a ponerle en claro las verdades al patriarca, aunque nunca hiciera guiño de desacuerdo alguno ante los demás y, mucho menos, ante sus hijos. Quién sabe qué ramo de ideas o ilusiones mantienen viva la llama de una mujer que quizá desde hacía tiempo digería el amargo sabor de la ambición y la usura que regía el alma de Evaristo, pero no es difícil intuir que conforme llegaron los hijos, el ánimo y empeño de María Luisa se concentraron en acunar y fertilizar lo mejor posible las vidas que les quedaban por delante.

El día que interesa a esta novela parecía no tener fecha precisa ni hora aproximada y, sin embargo, al paso de los años y la suma de ocasiones en que lo he narrado, todo indica que fue un 11 de marzo del año 1932 (alrededor de las 15.00 horas, en el momento mismo en que Don Evaristo hundió su cuchara en una sopa que más bien sería caldo de pollo con verduras), cuando Natanael, que servía de mayordomo, interrumpió el ritual, diciéndole *Patrón, lo buscan en la puerta.*

Evaristo Equis acababa de meter la cuchara en la sopa correspondiente a los jueves, misma que se servía los martes y sábados, más que *minestrone* de verduras, y extraordinaria por cierto, pues ahora conozco la receta y su secreto. En el momento en que está a punto de dar el primer sorbo viene la interrupción del mayordomo y el patriarca voltea a mirarlo con ojos exageradamente anchados. Tanto los hijos como Doña María Luisa jurarían que el hombre aventó la cuchara, exagerando también el grado de su coraje y que dijo *No te das cuenta, imbécil, que acabo de meter la cuchara, acabo de inaugurar esta comida de siempre,* y la Doña que le dice *no te pongas así,* y el sátrapa que le espeta *¿A ti quién te ha dado permiso para hablar? ¿Qué me dices, María Lusia?,* y levantándose de la silla patriarcal le dice al mayordomo que *más vale que sea un asunto de vida o muerte.* Silencio incomodísimo para todos y para el mundo entero.

—¿Qué pasa? —dijo Evaristo Equis encaminándose al salón que daba a la entrada.

—Que está un minero a la puerta, Señor, y que dice que es de vida o muerte. No dijo si hubo un desplome o si algo haya explotado allá abajo.

El hijo menor, Luis Antonio, que es el que mejor conocía de las minas, se había levantado de la mesa y siguiendo al ogro lo alcanzó por el brazo. Evaristo giró para escupirle en palabras como dardos *¿A ti te está llamando alguien?,* y siguió hacia la puerta con una zancada parecida a la que largan los que se creen jefes de Estado o los que creen que siempre llevan la razón en cada paso. Lo que escribo a continuación consta y reconsta porque —sin que lo sintiera Don Evaristo— el mayordomo Natanael permaneció a su espalda y también la cocinera Elvira que había sido nana de los cuatro hijos.

Abre la puerta y está parado en el quicio un minero de 1,92 de estatura. Un roble. Un árbol hecho hombre estéticamente perfecto: bíceps, tríceps y pectorales de ébano; rostro que no simple cara, pómulos de cordillera de los Andes y ojos ligeramente claros y lluviosos. Un hombre bello que impresiona en silencio a Elvira y a Natanael, ambos resguardados en la sombra, a unos pasos de la espalda de Don Evaristo que pregunta al hombrón *¿Qué pasa?*, mirándolo de abajo hacia arriba y el hombre dice llamarse *Pedro... Pedro García... y interrumpo porque es de vida y muerte... porque vengo a pedirle permiso para hablar con su hija Catalina... porque me quiero casar con ella.*

La criada y el mayordomo son testigos de que el Señor le contesta al tiempo que le rechinan los dientes que *Tú a mi hija no la vuelves a ver en tu puta vida... Si crees en Dios, agradécele que no te mate ahora mismo y que no te corra de las minas...* y cerró la puerta sellando un silencio con la mirada que lanzó como dardos directamente a las pupilas de Elvira, y luego a los ojos de Natanael.

Aquí no ha pasado nada. ¿Estamos? Lo que Usted diga, Patrón, y vuelven al comedor y la nana Elvira se mete a la cocina por otra puerta y Natanael se queda incólume mientras el viejo vuelve a su trono en el comedor, arremete con la cuchara el caldo y comió como si nada, como si nada hubiese ocurrido y sin decirle nada a nadie. Nada y nadie sinónimos de su silencio siniestro.

Cuando sirvieron los postres, el mismo dulce que se servía martes, jueves y sábado, Don Evaristo se quedó mirando a Doña María Luisa y rompió el silencio o el ruido de las cucharillas postreras diciendo *Le debemos un viaje a la niña, ¿no crees?* Como ya le había dirigido la palabra, su esposa respondió *¿De qué viaje me hablas? ¿Por qué le debemos un viaje a Catalina?*, y el viejo Evaristo, sin dirigirse aún a su hija, cubrió la mesa con una sentencia como de neblina con aquello de que *La niña ya tiene dieciséis años, ¿no? Y yo había dicho que a los quince venía un viaje y no me gusta quedar en deuda con nadie, ¿no es así, Juan Bernardo?*

—Tú qué dices, mi niña —dijo Don Equis con un ligero sabor de ternura absolutamente fingida en su voz de patriarca.

—Pues la verdad es que yo sí esperaba ese viaje desde el año pasado. Los dieciséis ya pasaron desde hace tres meses, o sea, yo ya tengo dieciséis más tres... o el tercio si se le llama así.

Don Evaristo encaró a los hijos hombres y casi en una sola respiración dispuso el nuevo orden de su imperio. De una sola embestida, como toro bravo enfurecido por los engaños de su propia capa negra, el ogro era capaz de ordenar o más bien dictar el curso y decurso de las vidas ajenas y, una vez más, como hizo tantas veces a lo largo de nefanda dictadura, lo ejercía sin trastabillar. Al mayor de sus hijos le dijo *Que tú te encargas de todos los negocios, a tratar con los socios y amigos de fuera o dentro. Harás el trámite para las líneas de crédito... que me las puedas enviar por telegrama a dónde te vaya indicando por adelantado. Así se amparan los gastos que vayamos teniendo durante el viaje.* Al segundo de sus hijos, Equis le ordenó *Tú sigue como estás... poniendo en orden diario la contabilidad y las inversiones, los números de los almacenes y lo que surta cada uno de los proveedores y de las empresas. Por supuesto, espero que tú* (dirigiéndose a Luis Antonio, el más joven de los tres, pero sin mirarlo a los ojos) *bajes más seguido a la mina y espero que ejerzas un control más estricto en los horarios y que todos los mineros que andan allá abajo, absolutamente todos... que nadie se me salga de la disciplina que salva vidas...*, y que le pregunta Luis Antonio *¿Pasó algo con un* *obrero, papá?* Y que reacciona el patriarca con *Nadie está diciendo nada de eso. De ninguna manera... Yo no dije nada en ese sentido y lo que quiero decir es que su madre, la niña y yo nos vamos a Europa.**

---

* Una vez que narré la historia en un colegio de Guadalajara, se levantó una voz entre todas las caras de la secundaria y gritó *Era de esperarse. El pinche viejo macho se la tenía que llevar a las Europas nomás pa'chingar al obrero, por moreno y pobre... ¡Negro! Lo que pasa es que todo moreno es negro para el supremacista,* dijo una señora en una tertulia donde también narré la historia, *porque encima de todo suelen ser racistas, estos viejos de mierda,* y yo les decía que esto apenas empieza, para intentar calmar el nervio con el que recibían el aperitivo de la novela.

Catalina

Si Catalina tenía dieciséis años y un tercio de meses cuando ocurre la comida que le cambia la vida, como Madre de Xavier tenía poco menos de ochenta años de muchas vidas cuando su hijo me encargó que le escribiera su historia. Habíamos pedido de comer en el restaurante del hotel, en la misma mesa donde habíamos desayunado cuando nos despedimos del primer encuentro, y Xavier Dupont ansiaba avanzar con el relato, pues hasta este momento yo no había dicho si aceptaba o no escribir historia alguna.

Para convencerme o tan sólo para animar su relato, Xavier dispuso sobre la mesa siete fotografías que con el tiempo terminaría copiando para mi felicidad. En una de ellas se ve a Catalina al filo de los quince años, con una cabellera que nunca dejaría de crecer blonda y, sin embargo, mantendría siempre a la altura de los hombros claros. Se le ve de medio perfil con una leve sonrisa que podría parecer triste si estuviese pintada al óleo, pero que, por el juego de los grises de la fotografía, revela una alegría misteriosa, como si la niña supiera que la miramos en otro mundo, un mundo de colores donde se habla de ella y de los encajes de un vestido que insinuaban ya el nacimiento de sus senos. *Sueños*, dije para no ofender a Xavier, sin pensar que estaba yo pensándola en voz alta y más aún que la seguí pensando cerquita ante la segunda fotografía, donde se le ve en medio de una carcajada, con el viento de todos los árboles de París envueltos en la misma cabellera que volaba en los Andes. Es una mujer, aunque por la fecha sigue siendo la niña de los encajes y mira directamente al lente, la placa quizá fue tomada por un fotógrafo de acera, de los que captaban instantáneas al paso de los paseantes y corrían luego hasta alcanzar al retratado para venderle su oficio.

Al paso de los años, con el envío de papeles escaneados y otras muchas fotografías, descubrí que Catalina Equis había nacido en Cochabamba el 24 de noviembre de 1916 y que no era exacta o precisa la respuesta que dio al padre en la sobremesa que determinó su destino. El caso es que el 11 de marzo del año 32, la niña Catalina dijo tener dieciséis años y un tercio de meses encima, aunque la realidad suma un poco más de tiempo hasta ahora sin tinta.

Como todas las mujeres del mundo, en algún momento de su existencia, Catalina Equis supo que era la mujer más bella del planeta. Así, en ese instante donde respiran absolutamente todas las mujeres de cada una de las generaciones y paisajes que forman la Tierra, se saben la mujer más hermosa del mundo sin que nadie se los tenga que decir. Quizá en callada presencia de alguien o ante un espejo donde nadie más la vea, antes de dormir o al amanecer de un sueño intranquilo, en medio de una calzada arbolada por donde ocurre un paseo o en el silencio de una pausa frente a la pantalla de un cine, esa mujer supo perfectamente, como toda mujer de todos los tiempos, lo que era. Instantes de conciencia y reconocimiento, a solas en un bosque, a solas en medio de una multitud... callados momentos, vistos y no vistos.

Algunas mujeres lo olvidan de inmediato, y otras, logran prolongar el instante para toda la vida; hay quienes lo resucitan en los minutos que laten mientras se maquillan sin necesidad de verse al espejo, o en el reflejo de la ventana de un escaparate, y otras, lo vuelven a sentir en cuanto se enamoran o dejan de enamorarse, o se convierten en madres, y otras, no pocas, que sólo lo perciben al filo de la muerte.

A Catalina le dio por saberlo y saberse de manera aleatoria a lo largo de todas sus largas vidas: en las dos fotografías que me enseñaba Xavier en la comida se le ve rodeada de sus tres hijos, ya grandes, aunque ella parece una hermana de ellos apenas mayor en edad por unos pocos años, y en otra, va del brazo del padre de Xavier y los hijos de ambos, con una seriedad de ceremonia lujosa y la misma levísima sonrisa de acuarela, el rostro sin edad ni tiempo que se sabe bella consuetudinariamente, siempre o a ratos y a solas y callada. Catalina supo desde antes de viajar a Europa lo que nadie tuvo que decirle a la cara.

No tiene nada que ver con esta novela consignar que Xavier había decidido compartir mole poblano con ese arroz de color rojo que genera instantáneas ganas de vivir en México para siempre, pero ese sabor traigo en la saliva cuando evoco que interrumpí un bocado para decirle a Xavier que por supuesto me interesaba escribir la novela corta o el cuento largo de su madre.*

—Lo único que te pido, o que te pido a ti y a tus hermanos, es que me paguen un viaje a Cochabamba para conocer e incluso saber si queda en pie la mansión de tu abuelo.

—Por supuesto, *Georges* —me dijo Xavier, manchado de mole—, y no sólo queda en pie, sino que te hospedas allí mismo. Está medio descuidada y aún vive uno de mis tíos y gente del servicio, que te pueden contar lo que ya te conté...

—¿Será también posible que me paguen un viaje a París? Me gustaría conocer a Catalina...

---

* *Te estabas tardando*, me dijo una maestra rural en El Chaco, Argentina, cuando Mempo me invitó a narrarles *Cochabamba* y alguien en Querétaro (¿o fue uno de mis hermanos en Guanajuato?) me preguntaba si Xavier quería que me inventara el resto de la historia o qué pasaba después del viaje a Europa...

—Idéntica... Verás que las canas y los años no le borran su carita bella y ayer mismo le llamé de La Habana para contarle que venía a proponerte la novela... o cuento... o lo que termines por hacer con ella, pero desde luego que será muy buen provecho que hables con ella... aunque creo que te estás adelantando, porque falta mucho y creo... falta lo mejor.

Así que seguimos con el mole, a ritmo lento, y me habló —como si proyectara sobre el mantel un video— de las siete amigas que siempre andaban con Catalina en Cochabamba y me describió las comidas de día de campo y un chubasco mitológico que empapó a la familia el día que se le ocurrió al tío Fernando que pasearan en un carruaje abierto, y me contó de las nanas y de la tarde en que Natanael perdió un dedo por andar metiendo la mano en una máquina de las minas. Me enseñó retratos de sus tres tíos bolivianos y dos fotos de sus abuelos: Evaristo Equis era tal como intentaré escribirlo siempre. De esos hombres de inevitable ceño fruncido, de pecas en las manos y cejas sobrepobladas de esparto o espanto. Será porque ya venía predispuesto, pero tiene cara de malo. Con el tiempo pude completar el retrato del ogro con testimonios varios, de quien ha escrito sobre él y sus negocios, y de quienes tuvieron relación empresarial (e incluso, familiar) con ese hombre de piernas arcadas y una calva inevitable, de ignorancia a flor de piel que disfrazaba con fingidas sonrisas y de constantes gazapos verbales sabiendo que hablar con faltas de ortografía es *peccata minuta* para millonarios y eso quizá alivia la imagen de su esposa. Él se sentía leyenda y fardaba grandezas contantes y constantes, así como monumentalidades exageradas, ya de sus logros empresariales como del supuesto bien que le inyectaba al pueblo y paisaje de Cochabamba, y mientras más se sentía estatua, más lo aterrizaba en realidad el acompañamiento —o acompasamiento— de Doña María Luisa, que era linda (aunque yo sólo haya visto dos fotos que lo indican) y sus párpados parecen plegarse sobre las órbitas de sus ojos como si quisieran ocultar sus tristezas. Conozco a ambos de oídas y por lo que dejaron congelado en el tiempo en fotografías (y dos pinturas al óleo) que en noches de pesadilla sentí que hablaban sin poder escuchar sus voces. Son no más que fotografías y retratos de una pareja que hace tiempo dejó de habitar este mundo y, sin embargo, conforme pasaba la yema de los dedos sobre la pantalla del telefonito de Xavier me parecía que me miraban sabiendo que a mí me tocaba intentar novelarlos y dejar constancia —para bien o para mal— de lo que hicieron con la vida de Catalina en el instante en que empezaron a comandar y dirigir la labor de empacar y cacarear el viaje a Europa en marzo del año 1932.

Xavier contaba las maletas y baúles, que fueron dieciséis en total (como la edad que ya tenía Catalina), más una caja redonda de sombrero de alas anchas que usaba su madre María Luisa cuando viajaba, y una cajita discreta para el bombín del Patriarca que —habiéndolo encargado a Londres— no había podido estrenar con su traje de tres piezas y cuadros grandes como de payaso o tenor de mal gusto, esa leontina de oro que él llamaba sin razón alguna de *minero,* o el neceser masculino con la cera de los bigotes y la bigotera con la que a veces se engominaba las puntas en manubrio. Llevaban toallas como si no las hubiera en Europa y sedas en mascadas, gasnés o corbatines que bien podrían haber comprado al otro lado del océano y, a decir verdad, no llevaban absolutamente nada boliviano. Ni un solo color o sabor de Cochabamba y eso, según Elvira o el mayordomo Natanael, termina por alebrestar a la Pachamama* y hasta podría decirse que las horas que tardaron

* Confieso que no invertí la debida atención —ni investigación— para definir claramente el significado de *Pachamama,* aunque creo válido asentar por lo menos que se trata del espíritu de la Tierra misma, el hálito de la querencia y raíz natal.

todos los ayudantes, los tres hermanos y las nanas en empacar los bultos y baúles, la niña Catalina ya hablaba con otro acento o, por lo menos, otro ánimo que le notaban las siete amigas de siempre y los amigos de la familia que se aparecieron por el palacio del patriarca ante la sorpresiva noticia del viaje improvisado para celebrarlos y despedirse.

A viajeros, hermanos y testigos al azar se les hizo bien entrada la noche, y no sería hasta la media al filo de madrugada, que dejaron en fila el equipaje para salir al día siguiente con rumbo a Europa. Habíamos terminado con el mole y Xavier había guardado las siete fotografías de su madre y se le había agotado la pila al telefonito donde aseguraba llevar escaneadas algunas otras fotos de la casona de Cochabamba, de los tíos a lo largo de sus vidas, y aunque no traía más retratos de sus abuelos, insistí en que ya no quisiera verlos (ni en pintura) y que me latía concentrarme en Catalina para esta novela.

—Sea lo que sea, ha de ser ella la voz cantante —le dije, como apuntalando la posibilidad de volar a París para entrevistarla.

—¡Ay, mi *Georges! Bien sûr...* —me decía Xavier, y ambos salimos a una terraza para fumarnos un habano (de los que me traía de La Habana) y ver caer la tarde con lo que faltaba por narrarme de su madre.*

No hay explicación racional para justificar que al fondo se escucha una milonga en guitarra de siete cuerdas. Una lánguida musiquita que ni es boliviana pero que se filtra como aroma de florecillas pequeñas. Diminutas flores que lleva entre los dedos la mujer más bella del mundo

* *Enseña fotos... ¿No trae las que le regaló Xavier?... Cuando la publique, métale fotos y mapas para que nadie se pierda la imagen precisa...* me han dicho de diferentes maneras y modos algunas de las personas que me han oído narrar esta novela, pero soy de la idea que Catalina, Cochabamba, el minero Pedro García o París quedan mejor pintados por palabras y precisamente por la imaginación de cada lector que ahora los tiene en sus manos.

que camina en un prado de pasto alto, que se le ven de pronto los pies hundidos en un barro que parece de chocolate. Dirá algún psicoanalista que estoy mezclando el mole poblano como metáfora del lodo y que por algún rollo de Edipo hablo de los pies de la musa. Pies que deberían exhibirse en los museos de las grandes capitales de todos los países y que alguien intente una escultura que clone el vuelo de su pelo. Se me quedó grabada como una sola imagen el conjunto de fotografías de Catalina que me mostró Xavier en su telefonito y otras muchas, a lo largo de los años, escaneadas en correos sin más texto que algunas precisiones del año o lugar de cada una de ellas.

Catalina camina con un traje sastre que parece conferirle la etimología de la palabra *madurez* sobre una avenida llena de ruidos. Alguien la mira de lejos y pretende alcanzarla sabiendo que flota. Intocable e imaginaria porque no merece que se agrien las palabras con el silencio fidedigno de un retrato; ella como todas las mujeres, como otras y las demás, como algunas y muchas se sabe ya narrada mucho antes de que la tinta intente dibujarle las mejillas y la comisura de los labios cuando parece que murmura a solas. Se sabe imaginada e imaginaria, aunque no pueda precisar si la sueña o desea quien no puede más que leerla de lejos, en párrafos que intentan recrear los sonidos de unas aves sin nombre y el arrugado suspiro de las hojas anchas de un árbol en particular.

Catalina se multiplica en espejos que se clonan sobre el mundo y los mares, en la ladera de un cerro que parece morado al atardecer y en la niebla de una vieja estación de trenes. Es la dama aburrida que apoya su mejilla izquierda sobre la mano que reposa en el barandal de terciopelo rojo de un palco en la Ópera de París y la cansada frente sudada de la mujer que respira hartazgo en la puerta de un molino de trigo. Es la mujer que mira hipnotizada la espuma hirviendo de la leche en un cazo de peltre sobre una estufa oxidada, y la madre que dibuja para una niña el contorno de un conejo que duerme a la vuelta de la Luna. Es mujer la adolescente que va cantando bajo el agua la melodía de un mar que parecía inalcanzable y el eco devuelve en los corales las últimas palabras de la misma mujer hecha Otra que decide dormir para siempre en una camilla desvencijada de un cuarto de azotea, mientras Ella y la misma, siendo otras, son las que lavan en un río las sábanas recién estrenadas en una ceremonia del pueblo o el pañuelo que se acerca a la orilla de una pupila que parece llorar en negro.

Es la niña con el pelo engominado en una fila escolar y la de las trenzas perfectas que atan como cordeles el moño de una ceremonia cívica; es la anciana que se reconoce intacta en un silencio que se evapora desde una tacita de café y la mujer que pone orden en una reunión de ejecutivos antiguamente machos que han de acostumbrarse al reordenamiento de las inteligencias y sensibilidades, y es la mujer al volante de un transporte colectivo antiguamente barca exclusiva de los hombres que navegaban los torcidos ríos de la urbanidad. Es la mujer que entretiene a los payasos y la mujer que detiene el tiempo cada vez que se pasa los dedos por el pelo y la única capaz —como todas las demás— de mirar más allá del tiempo, salida de la imagen, moviendo los ojos supuestamente inmóviles, ya a color o en blanco y negro.

No soy yo ni estas páginas las que mejor pueden reflejar las caras todas, las muchas vidas de la mujer más bella del mundo que en un jueves de marzo prepara sus ropas para conquistar el universo. No son párrafos para intentar valorar la ignorancia o inocencia de quien recibe de regalo la promesa de un viaje sin razones de por medio, o anuncios de mayor preparación que la de una salida inmediata, y no soy yo ni la prosa la que deba dibujar el mural de una vida que se abría en vuelo con sólo imaginarse levitando en cualquier ciudad de Europa, llevando en el alma, aunque escondida o callada, la diosa inquebrantable de la Tierra donde nace. No es novela si aquí se intenta que el lector escuche la descripción minuciosa de una fotografía que también podría servir de portada para estas páginas, porque no es novela si no respetamos que absolutamente cada gramo de su magia está en palabras, en cada verbo que se le añade a sus pasos y cada adjetivo que intente enmarcar el secreto de sus hombros o el misterio de una cadera que se le alcanza a ver cuando sale del agua.

No es novela el sinfín de palabras y predicados si no intento una pausa y me le quedo mirando a Xavier Dupont mientras se le van las anécdotas entre el humo de un habano, al tiempo que llega la noche en la Ciudad de México y decidimos ambos que la comida ha de prolongarse en cena y en lo que apunte el destino... y dejo que hable en francés y finjo que tomo notas en la libreta que he estrenado para anotar ciertos años y nombres propios, toponímicos y paisajes, cuando en realidad dejo que hable a solas para materializar como holograma la figura inalcanzable de Catalina Equis y, por ello, es mejor que hable Pedro... Pedro García, minero de cuerpo de ébano, roble con brazos de un metro noventa y dos centímetros de estatura perfecta, porque habiendo aceptado embarcarme en novela, volar a París para verla y conocer Cochabamba para lo mismo, no merece el fantasma de una estatua obrera perderse en el olvido que parecen dibujarle estas páginas.

—Imagino tu voz sin oírla. Que te vi de lejos y hablé *quiénsabequé* cosas sabiendo que tú tampoco oías y me acerqué a la puerta sabiendo que me jugaba la vida, Niña. Hubo tiempo en que no supe o sabía tu nombre. Lo dijo Elvira a una mujer del mercado para encargar unas hierbas y ella me lo contó esa misma tarde porque ella sabía, aunque muy pocos sabían que yo te sigo sin verte, Niña, desde que te vi primera vez.

»Que sueño lo que soñé a veces ya sabido que el Patrón no me dejaría hablarte. Que sueño el imposible y que no sabría qué hacer si me deja entrar y me hace pasar a la mesa y sentarme a comer lo que comen ustedes... sin estar calzado porque a diario dejo las botas donde duermo. Mitad duermo de día y otras de noche, aunque te sueño siempre con luces de día... así esté dormido.

»Niña Catalina, yo vivo con mis padres que fueron maestros, en una casa de tierra con piso de tierra y techo de tierra... y cielo a la mano y nubes que a veces entran por rendijas y ventanas y el viento que despierta a los niños y a los gallos.

»Vivo con el perro amarillo que una vez se te acercó a tu sombra, Niña, aunque estabas tan alejada que ni lo sentías, y yo vivo con las aves que pasan por el techo a buscar semillas que avienta mi madre como si fueran gallinas y son las mismas aves que he visto que suben volando hasta la casona y una vez dicen que cuenta Natanael que se metió una parvadita de pajarillos a la casona del Patrón, que son los mismos que me animaron digo yo para acercarme a la puerta y decirle al Patrón lo que en el fondo no le dije. Yo nunca dejaré de pensarte, Niña, y te hablo sin permiso porque así pase que sea cierto que te han llevado de aquí... que te han llevado lejos de aquí... te quedas en lo que digo y lo que sueño porque es eso lo que sueño y pienso.

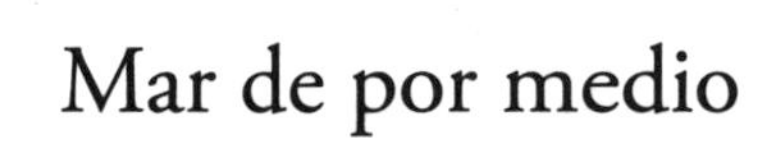

Mar de por medio

Catalina y sus padres pasaron por La Paz y allí estuvieron los días que bastaron para conseguir los pasajes del barco y un posible itinerario para recorrer Europa entera sin límite de meses... o años. En realidad, hay bolivianos que me han confiado que Don Evaristo insistió en hospedarse diez días en La Paz, más para presumir de su ocurrencia y fardar fortuna, que en asegurar los pormenores que en realidad no le fueron tan engorrosos. *Con dinero baila el perro*, comenté para risa de Xavier, a pesar de que dije el mexicanísimo dicho en alusión directa a su abuelo materno y esa pinche facilidad con la que se le daban las cosas por obra y gracias de sus opulencias y dictados: de Cochabamba a La Paz y de Bolivia a la Argentina, comprados los boletos en primera clase para el primer barco que le quedara a mano.

De La Paz se fueron a Buenos Aires, para otra dosis de dos días para presumir ante socios y conocidos que el trío se embarcaba para Europa... en un buque de bandera alemana, llamado inexplicablemente *Corcovado*.* Lo cierto es que la tarde en que Don Evaristo, Doña María Luisa y Catalina abordaron ese barco con dieciséis baúles, maletas y cajas de sombreros, fueron recibidos por el capitán del navío en persona, paseados por el puente de mando e invitados a cenar a su mesa para una improvisada gala de

---

* En una narración que hice en un auditorio de la UNAM, un profesor aprovechó para insertar aquí que hubo un buque *Corcovado* de bandera alemana, gemelo del *Ypiranga* de iguales colores, que sirvió para llevar al exilio al general Porfirio Díaz, dictador de México, pero no hay confirmación de que se trate del mismo buque.

lanzamiento donde consta, por el diario manuscrito de Catalina, que bailó por lo menos tres valses y *una pieza melancólica* no sólo con permiso, sino con evidente aprobación entusiasta de su padre.

No consta en ese diario de abordo si hubo paseo nocturno por la cubierta o conversación sostenida con el joven cadete uruguayo con el que bailó, ni tampoco consta cuántos días tardó el *Corcovado* en llegar a costas de Francia. Lo que describe Catalina en esas páginas son amaneceres y puestas de Sol, que quizá por alternar babores y estribores no parecen sincronizar con el compás que uno se imagina al leerlos, o será que la travesía le enrevesaba el sentido del mundo.

Escribe de viajeros que se asolean en sillas plegables, envueltas sus piernas en mantas que a Catalina le parecen faldones de Escocia y declara que no entiende si uno se pone al Sol para precisamente entrar en calor al asolearse, entonces por qué han de cubrirse las piernas sin fríos a la vista, y uno se pregunta si no serán esos viajeros los fantasmas de todos los mareados de todos los relatos que cruzan ya para siempre los mares como comparsas de infinidad de relatos para siempre y por todos los tiempos, tanto como los marineritos que subían y bajaban escaleras y escalerillas, oteando por las escotillas e izando banderines triangulares como si entablaran conversaciones de señalización con buques invisibles en rutas paralelas, pero opuestas, y Catalina narra las horas que le dedicó a ciertas novelas que tomó de la biblioteca del barco; escribe hermosos y breves párrafos donde retrata para su propio recuerdo los nombres de tres autores ingleses y los cuentos de dos escritoras nórdicas.

En una página donde guarda una flor disecada, comenta que Don Evaristo *hacía negocios hasta del ocio* refiriéndose quizás a la baraja que lo entretuvo varias noches, o a inversiones verbales y promesas mineras que apalabraba con otros pudientes empresarios viajantes durante las cenas en altamar, vestidos de gala, y que su madre enviaba telegramas a sus hermanos en Cochabamba todos los días del trayecto y también una serie de escenas que bien podrían haberse celebrado en tierra firme, como cuando comparte que el cadete uruguayo y un alegre grupo de muchachos y muchachas la invitaron a un *día de campo* en cubierta, por no decir *picnic*, y parece que el diario que me confió la familia, tiempo después de haber comido con Xavier para aceptar la invitación a escribirla, y otros muchos papeles que me fueron llegando con los años, son un sustento circunstancial de la novela como preparación aséptica para el párrafo donde consta que Catalina y sus padres descendieron por la escalerilla del *Corcovado*, veintiocho días o treinta y dos noches después de haberlo abordado en Buenos Aires, y pisaron Europa, suelo de Francia, para ese mismo día subir todo el equipaje a un vagón de la Compagnie Internationale des Wagons-Lits y proseguir por rieles hasta París.

París

Quien no conoce París tiene toda la vida para imaginarlo. Se puede leer con las yemas de los dedos deslizándose sobre cada página de novelas inmortales o soñar con las imágenes que narran quienes vuelven de sus bulevares y cafés, así como aumentar las dimensiones de los mapas y suponer que uno recorre París en sueños, cuantimás si nos hemos pasado vidas enteras frente a pantallas de diverso tamaño imaginando París. Incluso quienes conocen bien París se resignan de lejos a evocarla como algo que siempre ha estado en las pupilas, aunque parezca un invento de los recuerdos que supuestamente constan en los recibos de viaje y los boletos del metro. Más bien, quiero decir que París existe por palabras, las que la narran a cada vuelta de página como si nadie jamás la hubiera descrito, y en los versos de quién sabe cuántos poetas que sin decir el nombre de esa maravilla de ciudad la describen en el sonido de la saudade o en el aroma de una flor ya muerta.

París de pensamiento, obra y omisión, como trinomio de liturgia más allá de la virtud o el pecado; París pecaminoso y la santa ciudad que dicen que vale una misa, y París que presiente quien se acerca —por tren o en avión— esa ciudad que se avista por adelantado, ya por los horarios tergiversados o por el insomnio de pensar París o soñarlo a deshoras con incontables ilusiones de todas las versiones fehacientes de sus calles o las vistas imposibles de sus pasados ya invisibles, mas no inencontrables.

Xavier decidió pedir flautas de pollo para la cena con la que proseguía su afán por novelar por adelantado lo que ahora intento poner en tinta, y esa discreta música culinaria de taquitos dorados y crujientes le venía bien de acompañamiento a las ya clásicas enchiladas suizas con las que yo también quería embarcarme en el capítulo que ya me tenía colgado de ansias. Así que Xavier, con vino tinto de su Francia y yo con un litro de agua de Jamaica, nos volvíamos ambos viajeros del verbo con el que empezó a narrarme la llegada a París de su madre y abuelos, ambos ante comida mexicana que —dicho sea de paso— consistía en dos platillos iguales, pero diferentes: uno hecho de tacos enrollados apretadamente aplastando finitas tiritas de pollo, freídos y cubiertos de crema semi-agria y quesillo de Oaxaca rayado en tiras delgadas, y el otro, lo mismo, pero con tortillas enrolladas sin aprietos, rellenas también de pollo desmenuzado, pero ablandadas por una cobija de salsa verde no tan picante y con el mismo queso (o ese que llaman *manchego* en México) que las convierte en *suizas*, quizá por aquello del *fondue*. Bien visto, valió la pena especificar el menú de la cena con Xavier porque parece metáfora de vida y, además, queda como sabor insinuado para imaginar lo siguiente:

Don Evaristo Equis de Cochabamba, su gentil esposa Doña María Luisa y su simpática hijita Catalina, dirían las secciones de sociales de los periódicos sudamericanos, anclaron naves en la *Gare du Nord*, y apenas descendieron del tren, dispusieron que un leve ejército de maleteros colocara, como piezas de un rompecabezas, los dieciséis bultos, baúles, neceseres y sombrereras en un vehículo que habría de seguirlos en caravana a la conquista de las calles de París.

Según Xavier, el francés que masticaba su abuelo Evaristo alcanzó para indicarle al chofer del vehículo donde viajaban los tres, que tomara rumbo a *Champs Élysées*, y no consta si el trayecto de esa caravana pasó cerca de *L'Opera* o *Place de La Bastille*, si se desviaron para rodear la *Place des Vosgues* o si cruzaron el río Sena de un lado para otro para que Catalina tomara posesión de los puentes o que se adueñara desde lejos y diferente perspectiva de la *Tour*

Eiffel. Lo que decía Xavier es que sus hermanos heredaron la versión de que Don Evaristo había insistido al cochero que enfilara por *Champs Élysées* desde *Place de la Concorde* hacia *L'Arc du Triomphe...* y que al llegar al Arco pidió al conductor que hiciera el recorrido de vuelta, porque lo que le interesaba al viejo era encontrar alguna casa en venta. El carro con el equipaje seguía de cerca el recorrido enloquecido de un vehículo en alquiler que, mientras más vueltas le diera a la larga y legendaria avenida de los desfiles, mejor para tarifa y posible propina a los conductores. Aquello parecía una caravana en pos de invisibles ciclistas que rondaban el último tramo del *Tour de France,* y en un alto que hiciera el vehículo, el viejo le comentó al chofer que si acaso veía o sabía de casas y palacetes que estuvieran en venta o alquiler, le avisara señalándolos *s'il vous plait.*

El *chauffeur* inclinó la gorra respetuosamente y le respondió (con auxilio de unas pocas palabras en español) que era *très dificil... n'est pas posible* o *imposible* que vieran señales o letreros de venta o alquiler a simple vista, que si acaso eso se anuncia en la prensa o se acude a alguna *oficine...* que no se pintan letreros o, por lo menos, no sobre *Champs Élysées,* y el necio patriarca Evaristo aprovechó para indicarle que en Madrid amarran pañuelos blancos en las barandillas de hostales o casas con habitaciones en alquiler para que cualquier paseante se entere de que están en alquiler, y el chofer le responde que no sabe nada de cómo será la cosa en Madrid, pero que *ici en Paris* no es posible... y Xavier subraya que la escena ocurre en un día anónimo de 1932 y que su abuelo insiste en que puede alquilar una casa, casona o palacete el mismo día en que llega a París, sin aviso previo ni previsión de alojamiento, y en otro alto que hace el más que paciente *chauffeur,* Don Evaristo Equis, el rey de Cochabamba, observa que en una esquina hay un jardinero que arregla unas plantas que se asoman por las rejas de un jardín de residencia y le ordena al chofer que lo llame.

El chofer le dice al jardinero que trae a un excéntrico nativo del Brasil o millonario mexicano y que el coche que le sigue lleva los bultos que lo confirman como tal o cual. Le dice al jardinero que el Patriarca busca alquilar una casa en *Champs Élysées* y el jardinero responde que todo eso le parece curioso —*très curieaux*— porque yo cuido el jardín de una casona, cerca del *Arc de Triomphe* —es decir, hacia el otro lado— y que habría que regresar por la avenida y girar hacia la *rue Lauriston*, donde está la casa... si bien no es exactamente *Champs Élysées*, sí escuché que los dueños pensaban alquilar o venderla y todo eso lo entiende Evaristo sin traducción y casi al unísono con el chofer dice *Alllez!*, y es el propio jardinero, colgado sobre el estribo del taxi, quien dirige al cortejo hasta la reja de una inmensa casona en la *rue Lauriston*.

Al llegar a las rejas altas de esa casa, Xavier hizo una pausa en la cena y abrió un pequeño paréntesis de silencio para insistir en que compartiéramos un postre de crepas de cajeta, sin aclararme si la siguiente escena en la llegada de sus abuelos y Catalina a París incluía una merienda de *crèpes français* con algo parecido al dulce de leche. Habló con las personas del restaurante y logró que nos sirvieran café, las crepas y una botella de *cognac* para él en la terraza donde habíamos salido a fumar los primeros habanos horas antes, dispuestos a que fumaríamos otro par de esos humos y logrando lo que evidentemente era una pausa dramática en el relato que ahora mismo intento novelar.

Ustedes recordarán que la *rue Lauriston* desemboca efectivamente en la llamada *Place de L'Etoile*, y que entonces el Arco del Triunfo queda visto al final de esa diagonal como un inmenso paquidermo de piedra blanca que bien podría quedar envuelto para regalo de un gigante de cuento de hadas con infinitos lazos amarillos. Imaginemos entonces que Evaristo Equis mira hacia *L'Arc de Triomphe* cuando un elegantísimo mayordomo acude a la reja y es informado por *chauffeur et le jardinier* de las intenciones de este excéntrico viajero. Xavier aclaró aquí —como pretexto para la primera cucharada de crepa de cajeta— que hay quien asegura que el predio fue posteriormente incautado por la Gestapo también llamada *Carlingue* durante la oprobiosa ocupación de París, y que en sus improvisadas mazmorras se torturó y asesinó a más de un heroico arcángel de la *Résistence Nationale*, pero se limpió los labios con la servilleta blanca de tela almidonada acotando que eso era falso: la casa de la que hablamos no cayó posteriormente en garras de los nazis y continuó diciendo que el mayordomo pidió que esperasen unos minutos, volvió a la puerta de la casa y regresó acompañado de dos señoritos elegantísimos con el pelo engominado que se presentaron ante Don Evaristo Equis como dueños del predio, más bien: hijos de los dueños y los invitaron a pasar.

Según el relato que heredó Xavier de los recuerdos de su madre Catalina, en la inmensa sala de esa casa más que elegante, conocieron a la dueña recién viuda (razón por la que efectivamente pensaban vender el predio), a los dos hijos ya mencionados y a sus esposas (vestidas aún de luto). Para fortuna de Evaristo rey de Cochabamba, uno de los hijos y una de las nueras de la vieja viuda hablaban perfectamente el español y sirvieron de traductores para la rara escena que intentaré resumir aquí mismo: el Patriarca boliviano enfatizó su interés y capacidad para comprar en ese mismo momento la casona y demostró contar con los recursos para ello; agregó que estaba dispuesto a comprar muebles y adornos que la familia quisiera incluir en la transacción y, sin recorrer las seis habitaciones, los siete baños, la inmensa cocina, la mayor despensa, la antigua caseta de caballería ahora garaje y el jardín interior, subrayó estar muy interesado en comprar la casa cuanto antes.

Según me contó Xavier a medio puro fumado y ya liquidadas las crepas de cajeta como si fueran un acta notarial, tanto la viuda como los hijos (y de paso, ambas nueras) celebraron la ocurrencia, fijaron un precio que no fue rebatido por Don Evaristo e iniciaron un recorrido —junto con María Luisa y Catalina— indicando qué cosas dejarían como herencia; es decir, ambas familias fueron rozando con las yemas de los dedos y una observación al vuelo, los cuadros y espejos, los biombos y platería, los roperos y bargueños, las telas y cojines y demás adornos, muebles y libreros que en el transcurso de poco más de una hora y treinta minutos de inventario improvisado pasaron a ser incluidos en la venta de esa casona, misma que se formalizó a los dos días ante notario y con presencia de los abogados asombrados de la recién viuda.

Lo cierto y consta que el primer día de Catalina en París —no el día siguiente, ni a los dos días—, el mismo día en que llegó propiamente a Europa, la niña de Cochabamba durmió en la que sería a partir de esa noche su propia cama en su propia casa... su castillo. La instantánea residencia de unos Equis de Bolivia en la *rue Lauriston* que tomaban posesión de posesiones o se apropiaban de propiedades que dejaban de ser ajenas a ellos, la misma noche en que habían llegado a la Ciudad Luz en tren desde un barco que quizá para esas horas ya flotaba de vuelta a América y Xavier soltaba carcajadas entre toses del humo de habano, propuso entonces al gerente del hotel o al *Maître* del restaurante que pasaríamos no pocas horas en esa terraza en lo que se terminaría la botella de *cognac* (como si celebrásemos a destiempo la compra-venta de la mansión de su familia en París) y para mí sorpresa fuimos invitados a quedarnos el tiempo que quisiéramos.*

Narro entonces, al revés: al amanecer ya sin habanos ni café (aunque sobraban cacahuates y unos panecillos sobre

* Durante la única oportunidad que tuve de narrar esta novela en inglés, una investigadora de Literatura Comparada de la Universidad de North Carolina tuvo a bien asegurarse de lo siguiente: efectivamente, a mí me abasteció el restaurante con una jarra grande de café y siete refrescos con hielo, así como frutos secos, papas fritas y panecillos que aliviaron la navegación de la madrugada.

la mesa de la terraza), Xavier dio por hecho que la historia continuaría en otro desayuno unidos por esto que ahora es novela, porque la madrugada no alcanzó para narrar todos los detalles y secretos, las escenas imborrables y las frases memorables de esa vida que empezó el mismo día en que Catalina durmió su primera noche en París, en una casa que ya no era ajena, durmiendo sus padres en uno de los cuartos grandes de la mansión donde ese mismo día quedaría reflejado en sus espejos la salida de una vieja señora francesa recién viuda, llevada del brazo de sus dos hijos, y sus respectivas nueras, que hacía tiempo sólo visitaban esa casona en las recientes semanas en que aún vivía su padre y suegro.

Sería el primer minuto de madrugada cuando Xavier sacaba la última calada iluminada de su puro y sería el mismo minuto con el mismo número de segundos transcurridos cuando Catalina caería en el primer sueño de París sobre un inmenso almohadón de plumas que no memorizó —ni consta en relato alguno— si llegó a sentir que volaba sobre Cochabamba como despidiéndose de todo ese paisaje y si las nubes que estrenaba dormida ya le hablaban en francés. Es probable que soñara las calles que acababa de recorrer en taxi desde la estación de trenes, seguido por otro taxi cargado de bultos y maletas o que recorriera dormida pero levitando las varias vueltas que le dieron a *Champs Élysées* o si escuchó un coro entreverado de varias voces en francés como si le dieran la bienvenida o si se le filtraba en la saliva el mismo sabor de dulce de leche y tabaco con café no tan caliente con el que parecía que Xavier no quería ni podía ponerle final a este capítulo.

París de anchas aceras y banquetas inexistentes en las estrechas calles por donde parece que no ha pasado el tiempo; Ciudad Luz en parches de oscuridad variable, carretas tiradas por inmensos caballos percherones y automóviles achaparrados con portezuelas que abren al revés y ciudad subterránea de catacumbas con muros de cráneos alineados y túneles interminables por donde reptan vagones del *Métro, apócope de métropolitain* (o bien, *chemin de fer métropolitain*) como cajas de hojalata; y arriba, *dans les rues,* los hilos de humo de los tiros largos de una fábrica y los diminutos tiros como harmónicas de tres flautines de las chimeneas en los tejados, entre algodonosas nubes de vapor de trenes y un hombre que camina al lado de su bicicleta como si fuera una mulilla cansada con ruedas flacas, o un galgo con manubrio que ya no puede con su peso, o el anciano que se recarga sobre el mango de su bastón en la banca de los jardines de Luxemburgo.

París de la noche de los tiempos, pintada y ojerosa villa del barco que boga para siempre sin hundirse en las aguas de un río que siempre es el mismo, cruzado por puentes como pulseras de piedra y herrería al filo de los paseos arbolados y las viejas fincas pintadas por siglos de sangre, al pie de los ventanales de una inmensa galería donde se alinean en estanterías barrocas todos los libros del mundo y todos los pliegos que surgieron de las cenizas de todas las revueltas y revoluciones que hacen eco en los aplausos de las hojas de los árboles y la arena de los pasillos que rodean al Museo del Louvre y la placita donde arrastra sus pies una viejecita que va y viene en pantuflas con medias de color café con leche, anudadas en los tobillos terroríficamente blancos con lunares de vejez, que parecen el tapiz que recorre una escalera como laberinto en una finca de cinco pisitos con apartamentitos idénticos que comparten el retrete al final del corredor y al pasar las páginas se abren ventanitas al páramo elevado del paraíso parisino de los techos inclinados, los tejados cinematográficos y de pintura impresionista donde los gatos y ladrones van saltando de techo en techo hasta subir al *Sacre Cœur*, *Montmartre,* sobre un lienzo que pinta un hombre de boina para un turista embelesado que pierde sus pupilas enfocando cuando mira a lo lejos la Torre Eiffel como aguja de un reloj horizontal entre nubes, bordeada por la perfecta cuadrícula que dibuja un saxofón en la noche insomne, donde sin justificación alguna se seguirá escuchando un acordeón sin dedos, unas medias negras como red de pescadores sobre un delicado mantel donde reposan figuritas de cerámica; todo París se mide con la mirada puesta en una placa de bronce que mide exactamente un metro para que todo *citoyen* se mida o se mire de lado, o ante una botella de leche que parece recién llegada del campo, y a la vuelta de la esquina de un café discute una pareja en silencio y se asoma la inmensa encornadura de un buey rubio, un toro casi albino que parece anuncio de mantequilla sobre el terciopelo desplegado en una joyería donde alguien ha desparramado brillantes montados en diminutos lentes fotográficos que tatúan en gelatina de plata todos los besos que pinta sin colores la boca de una dama que jamás ha cerrado los ojos y el perfil de un galán de mandíbula cuadrada que fue el mismo niño que cargaba una barra de pan más alta que su estatura, un *grande baguette* que abraza la niña de bucles, asombrada ante el guignol que instalan en una placita de domingos para que los títeres salgan a mirar a los habitantes de una ciudad que sólo existe en blanco y negro, aunque la pinten todos los colores y palabras que la sustentan en la memoria intocable. París como mancha de óleo blanco al fondo de una alfombra infinita de verdes que vienen como oleaje de Cochabamba, tierra sin mar pero con sílabas que navegan hasta la blanca mancha de pintura que llamamos París.

París de Piaf y Pigalle, ciudad aún libre y sin tricornios, con hotelitos por horas y puertitas secretas —*cul de sac*— en los estantes alineados al filo de paredes pintadas en colores pastel. Hornos y hornitos donde hacen la repostería idéntica a la de los adoquines que cada generación —de generación en generación— ha de arrancar del suelo como quien levanta la piel de las calles para enfrentar a las variadas definiciones del Poder con mayúsculas o la parranda en minúsculas. París de soldaditos de plomo que marchan al aplauso de bailarinas de cajita musical que hacen fila interminable sobre la duela de madera de un salón kilométrico con una barra a la altura de la cintura para el *Grande plié ou Demi plié* que desemboca en la cuarta posición de un antiguo marinero cuando cruza las rodillas ante la misma barra del barecillo donde pide el enésimo vasito de *vin rouge* para acompañar un cigarrillo *sans flitre* mientras una gorda en carcajadas derrama cerveza helada sobre la calva de un funcionario contable, y en la callejuela, un gendarme se pasa la capa sobre el hombro para revelar una porra pintada de blanco, colgada de un cinturón de blanco charol que raspa la piedra que desciende o se desprende de la acera para acompañar el caminito del río. A la vera del río Sena, duermen siete *clochards* en coro, sin mirar a la actriz que ha venido llorando en vestido de piedritas relucientes desde que salió huyendo de una cena de la *haute bourgeoisie* y la *intelectualité* que no se inclina ante el paso de los templos y todos los campanarios y todas las iglesias y todos los escenarios de mosqueteros muertos o hilanderas desveladas que pasan por las yemas de sus dedos los largos hilos amarillos de unos listones que son no más que el sueño que adormilaba a unos amigos que navegaban la madrugada lejana para no dejar de hablar de París, acompañando el primer sueño de una niña Catalina que dejaba de serlo para amanecer mujer rodeada de lilas.

Se prolongaba la madrugada cuando Xavier se desvió hablando de Haussemann y las alcantarillas con un sistema de agua que en realidad limpia las mejillas de París calle por calle, e imaginábamos ambos que la primea noche de su madre en la casa familiar en París resumía todos los años por venir en el transcurso de espera de su primer amanecer en *rue Lauriston*. Catalina, que dormía quizá sin saber que soñaba por adelantado las clases de alta cocina y los cursos de etiqueta, que sus padres querían que aprendiera a poner una mesa y reconocer todas las copas en fila y los cubiertos de plata inalterablemente alineados al filo de los platos y luego, los cursos intensivos de francés, las siete horas semanales de conversación, las horas largas de lectura en voz alta y perfecta acentuación y la tarde en que conoció a Coco Chanel y las visitas constantes a los estudios de otros diseñadores de moda, y las manías de modistos amanerados y sastras anónimas que convertían en prendas todos los colores delicados y las formas soñadas por la recién aterrizada Princesa de Cochabamba, *la plus belle femme à la conquête de sa vie nouveau.* Princesa de pies inmaculados en ronda semanal por todas las zapaterías para andar todo capricho posible y la gente que ya reconocía a Don Evaristo Equis por el bombín inglés (quizá sin evitar la alusión en voz baja a los bombines de indígenas bolivianas que se veían en exóticas postales de las agencias de viajes). El sátrapa salido de su feudo y las muchas tardeadas en que María Luisa presumía sombreros de anchas alas con gasas amarradas a los bordes como si cazara mariposas por el *Boulevard Raspail.* Sueños de estanques impresionistas donde flotan las flores pintadas, *las nenúfares* musicales de Claude Debussy o *les nymphéas* al óleo de Claude Monet y cada gota como nota en pentagrama y laberintos con senderos de arena, alineados por estatuas anónimas y la nómina memorizada de las grandes obras del Museo del Louvre y las horas muertas en la *Bibliotèque Nationale* esperando la entrega de cada uno de los volúmenes con los que la institutriz ha de garantizar la memorización de la *Culture Française, la vie de Napoleòn* y *L'Histoire* con mayúsculas, o cuando un maestro por horas le explica a la Niña el regalo de la inmensa Estatua de la Libertad para Manhattan y el mundo de migrantes, al observar la réplica a escala de la Dama con antorcha. Las tardes de repetición infinita de las vocales y los gestos que se hacen con la boca para pedir el *petite déjouner* y los variados nombres de los quesos, los enrevesados nombres de la Corte de Nobles con títulos guillotinados por la *République,* y las novelas de una por una que se han de leer en francés para reproducir el sabor de la madalena y el olor de la pólvora, los inviernos de caballerías napoleónicas y la soledad de la huerfanita cuyo padre fue condenado injustamente a un penal de penurias o el inicio de la venganza perfecta cuando un joven escapa de la prisión del mar, nadando hasta la costa habiéndose disfrazado de cadáver, y las novelitas por entregas que la institutriz le regala a Catalina en una Navidad, encuadernadas en piel de color rojo con letras en hoja de oro y una cadenita de oro que reúne dijes de la buena suerte y la nueva leontina ya no de minero del patriarca y los años que se le van acumulando de dos en dos a Catalina con el nuevo orden de una vida donde ya sólo hablaba español con sus padres.

Don Evaristo dispuso, a partir del primer aniversario en la casa de la *rue Lauriston,* que tanto él como Doña María Luisa volverían a Cochabamba en cuanto llegaba al relevo de su autoridad, el hijo mayor, Fernando.* Dictó de sobremesa que su hijo Fernando debía aprovechar su estancia al cuidado de su hermana para perfeccionar su francés y aumentar sus conocimientos de todo ese mundo que llaman de los negocios. Según dispuso el viejo Evaristo —en un calendario que mandó comprar a una papelería (mismo que se conserva en París y que Xavier me prometió la posibilidad de escanearlo)—, el hijo mayor viviría con su hermana cuatro meses para, luego, ser relevado con la llegada de Juan Bernardo, que se quedaría los siguientes cuatro meses y entonces llegaría Luis Antonio con el mismo tiempo a invertir en posibles estudios y cualesquier actividad que fuera productiva a ojos del Patriarca, prohibiéndosele estrictamente cualesquier devaneos en los

* Debo al escritor germano Georg Ludwig Bönn, y a Veronique D'Fleur, la insistencia en revelar el verdadero apellido de Don Evaristo, que de haber sido registrado en Bolivia como *Guerra*, sería *Guerre* en francés y *Krieg* en alemán, pero el propio Xavier Dupont me pidió usar seudónimo... aunque consta a más de un boliviano que —ya por personalidad o resonancia silábica— el apellido del patriarca era totalmente bélico.

mundillos de la pintura o la poesía, farándula o bandidaje (que para el padre eran una y la misma cosa).

Catalina habría de seguir en un régimen alimenticio y anímico que la convirtiera en damita de *société française*, para que hablase, cocinase y bailase como parisina. Fue entonces que durante la primera estancia de su hermano Juan Bernardo, habiendo ya vivido los primeros cuatro meses a la sombra de Fernando, que Catalina empezó a iluminar no pocos bailes de la alta sociedad parisina, mostrando no sólo una particular destreza en las poses con las que alternaba el ritmo de su cuerpo, sino una magnética atracción por su particular belleza (en realidad, nada común en París).

Consta que fue durante un cotillón que Catalina bailara por azar con quien sería al paso de los años el padre de Xavier. Estábamos resistiendo el inesperado frío que precede a los amaneceres en la Ciudad de México, así sean días calurosos o de lluvia al paso de los horarios, y a mi amigo se le llenaban los ojos de algo muy parecido a las lágrimas cuando evocaba en un silencio de voz muy baja la precisa recreación de un baile antiguo, sobreviviente aún en ciertos festejos franceses, imaginado en un párrafo sin colores donde no le cabía la menor duda de que su madre se había enamorado a primera vista de ese hombre, heredero del Conde Dupont, que llevó en vida el nombre de Guillaume y lo mismo decía, pero de manera diferente, del magnético asombro indescifrable con el que su padre bailaba en círculos de mareo o marea sin poder despegar la mirada de los ojos de una princesa que parecía inalcanzable en cada giro, amarrados los brazos de ambos por invisibles lazos a la altura de sus codos, mientras los dos cumplían milimétricamente con la coreografía tradicional de un baile que va hilando círculos concéntricos sobre la duela reluciente, mientras que todos los demás asistentes se perdían en una nebulosa de madrugada... Ese delicado empeine que se asoma al filo del vestido y la silueta reluciente de un botín de charol negro como góndola cobijada por el pliegue de un pantalón de casimir, y la niña ya mujer que inclina levemente la quijada, filtrando en el aire un perfil de porcelana que parece rozar a medio milímetro la mejilla del hombre hipnotizado con el perfume de sus cabellos y la mano que no se atreve a mover un solo dedo, apoyada sobre la ribera monumental de una cadera oscilante o la bendita mano levemente morena que parece asida al hombro del hombre, entre todas las sombras del tiempo transcurrido, invisibles ya para el relato donde sólo veíamos Xavier y yo mismo, la silueta de dos seres hechos uno en narración contra los primeros rayos de un Sol luminoso que anunciaba el amanecer... y quizá también el mediodía al otro lado del mar, en otra dimensión donde despertaba sincronizada sin saberlo, la primera mañana de Catalina en su palacio de París... porque no sé si París bien vale una misa, pero por lo menos consta que es ciudad deslumbrante que ilumina cualquier madrugada y se filtra palpablemente en la conversación compartida, aunque en la boca de sus comensales conserven el sabor de unos tacos de pollo, tabaco de La Habana y café de Veracruz.

A pesar de que a Xavier le faltaron dos dedos para liquidar la botella de su *cognac,* y a mí parecía inundarme una resaca por el humo y el café, ambos estábamos dispuestos a seguir andando un imaginario paseo por París, cuando alrededor fueron cobrando cuerpo los meseros y las mesas, los manteles y los olores de desayuno que nos llegaban desde la cocina del hotel, recordándonos que amanecíamos de vuelta en la Ciudad de México.

Sur la route

No pude aguantar las ganas de saber las razones que habían conducido a Xavier y a sus hermanos —y a la propia Catalina, según me confiaba su hijo— para elegirme como escritor o escribiente o escribano de una historia que ya me tenía imantado. Más que vanidad, era curiosidad pura, y en mi abono consta que no pregunté a qué otro autor habían considerado para esta faena, pues a mí se me venían a la mente los admirados nombres de dos excelentes escritoras y un notable cuentista francófono que podrían bordar el arte con la materia prima que Xavier me iba desplegando en el vacío, llenando el aire de personas más que personajes palpables y más que palpables, entrañables, a quienes la propia voz de Xavier retrataba en tercera dimensión, *high definition* y alta fidelidad.

—¡Ay, mi socio! Como dicen en Cuba —abrió Xavier con sonrisa—. A mí me ganaste con un cuento donde narrabas en blanco y negro un breve encuentro en un tren. ¿Lo recuerdas? El personaje viaja de París a Madrid en el Talgo Puerta del Sol y al levar anclas en *Gare de Austerlitz* cruza miradas con una frágil rubia de ojos violetas... una delgadísima diosa que —por azar *ou par hasard... le aléatoire magique*— toma asiento en el mismo compartimiento del tren con el narrador...

—Claro que lo recuerdo —intervine con nostalgia—. Es un cuento verídico; bueno, basado en lo verídico, sazonado con ficción... ¿Pero por qué te daba pie para avalar mi candidatura como novelista de Catalina?

—Por lo que recuerdo que escribes sobre París y las sincronías... porque es un cuento de un amor fugaz, porque ya que lo confiesas, es un cuento en el que pudiste cambiar de vida en el trayecto de un viaje en tren... que hiciste el amor con esa delgadísima diosa checa en el compartimiento incómodo y que al llegar a Hendaya te propuso que la siguieras... que dieras un golpe de azar y cambiaras tu ruta de vida... porque a ella la esperaban unos agentes de la CIA o de la Embajada norteamericana y huiría esa misma noche en una fuga artística-ideológica que la llevaría al Ballet de Chicago, ¿no es así?

—Lo recuerdas quizá mejor que yo... y no acostumbro recibir este tipo de elogio, pero sí, era una bailarina de Checoslovaquia... con la que compartí pimientos cortados a navaja y queso de oveja, con un botellón de *vin blanc* que yo llevaba en la mochila... y sí, bajamos en Hendaya a las cuatro de la mañana de un día que ya sólo existe en el cuento —que, por cierto, se titula «Cambio de vías»—, porque en Hendaya se cambiaban los vagones de vía —de la anchura de vía europeo al ancho de España—, y efectivamente, allí la esperaban esos hombres de gabardinas de película antigua... y yo, me largué cual ancho, cruzando a pie la frontera con España y caminé sobre el andén de la estación de Irún para volver a subir al mismo vagón, ya sin Jarmila, rumbo a Madrid... *et voilá*, como dicen en Francia.

—*C'est magnifique, mon George*... lo recuerdo tal como lo recuerdas y ahora, con un detalle de maravilla: *la fecha sólo consta en el cuento*, mas no en calendario; Checoslovaquia no existe ya más y el destino, quizá no tanto el azar, te permitió escribirlo para que yo leyera y —quién sabe de qué manera— intuir que tú eres la pluma indicada para la novela de mi madre... y punto.

—Ni tan punto, Xavier... o más bien, puntos suspensivos... porque llevo mucho tiempo queriendo añadirle a ese cuento otro relato, o escribir un cuento que lo anteceda, donde narre sin ficción alguna el increíble despropósito o el infinito desmadre con el que llegué a la estación de Austerlitz para abordar ese tren... y quizá te entretenga escuchar eso porque es un raro homenaje a París, sintonizado y ecualizado con una *chanson de rock français* que quizá le añada adrenalina a la sobremesa... y si quieres, ai'te va *ou ont y va!*

Llevaba días deambulando París sin brújula. De ese primer viaje, intenté un laberinto que iniciaba en el Arco del Triunfo y serpenteaba al azar o a la deriva sin respetar los mapas. Te sorprenderías las horas que aguantaban mis pies andando en trazos aleatorios o tramos intermitentes, sin destino fijo, mas fijándome en todo y todos y todas... sin imaginar que faltaban pocas horas para encontrarme con Jarmila, de quien jamás volví a recibir noticia alguna (pero eso es del otro cuento). El caso es que fueron dos o tres días de desvelo, sin necesidad de hostal u hotel porque decidí dormir las pocas horas de sueño de día y donde pudiera hallar banca libre o arbusto seguro. Había decidido largarme a Madrid, alcanzar a ver las corridas de toros de la Feria de Otoño y volver a México, abandonando la idea inicial de doctorarme en la Sorbonne... Así que no es cuento que tomé la descabellada y atrevida decisión de no estudiar en París y despedirme de todas las calles y postales, personas y monumentos que pudiera recorrer caminándolos durante los últimos tres días que asigné en francos (porque aún no había euros) y amanecí caminando por la *Rue de la Abbé Gregoire* sin haber dormido, con el afán de esperar y desayunar en el *Bon Marché* como quien entra a *une grandes* almacenes para hacerse de ropa *prêt-â-porter*, nomás que en ese momento se traduciría como *listo para tragar*.

—Es perfecto, *mon Georges* —decía Xavier con entusiasmo de brindis—. Todo eso lo imagino, lo veo con mis dedos perfectamente... porque es como pulpa pura para que escribas sobre Catalina en París... Te veo claramente caminando sin rumbo... una novela.

—Pero es puro cuento y deja que te lo cuente, porque aún falta lo mero bueno, porque cuando lo cuaje, si es que lo llego a cuajar, no sólo quiero que anteceda al «Cambio de vías» del viaje en tren con la checa y el enredo amoroso sobre los rieles de la madrugada, sino que además quiero que sea un rarísimo ejemplo de homenaje a París, que sea como ensayo peripatético, pero eso suena muy mamón..., un paseo pensante (también mamón)..., paseo París para no entrar a la tumba de Napoleón, pero entrar a toda panadería posible y pedir pequeñas dosis de *vin blanc* o *vin rouge* en cada uno de los barecillos o *bistrots* donde sienta que se escenifica un misterio o secreta señal de la nada o del todo y seguir el ruido y luego el silencio y rodear por lo menos una sola vez las rondas o glorietas que se atraviesen al andar y caminar, por ejemplo, a lo largo del *Boulevard Haussmann*, pasar por una torre destrozada que se mantiene en pie de milagro y rodear el obelisco dos o tres veces de la *Place de la Concorde* y enfilar por la primera calle al azar, mirando a los adoquines sin levantar la vista, hasta topar con el *Panthéon*, reversa ralentizada y salir sin saber cómo a la *Place de Vosgues* y visitar la casa de Víctor Hugo para volver a ver la fotografía de su entierro y el banderón de luto que colgaron del centro del Arco del Triunfo para velarlo, y entrar a todas las librerías que me queden al paso y hojear los libros que no puedo comprar y ojear los que sí podría comprar, pero que devuelvo intactos a la mesa, junto al carrusel de postales donde me detengo para intentar nombrar a todos y cada uno de los autores que se venden en retratos, y luego, pasar por enfrente de todas las ópticas que me queden de camino al Campo Marte y elegir sin comprar los más diversos armazones y modelos de gafas y lentes entintados y monturas de caparazón de tortuga. Reto a cualquier incauto a recorrer el *Boulevard Montparnasse* en zig-zag, entrar a la *Cloiserie des Lilas* como si tuviera mesa reservada para encontrarse con Hemingway o Dos Passos... y huir sin pagar.

—¡Corte... corte! —cortó Xavier sonriendo—. Eso es película de Truffaut, *magnifique*... pero ya estás aprobado...

ya estás elegido... mete eso en la novela si te apetece o escribe filas interminables de rostros, bufandas, vestidos viejos de las viejas y minifaldas de mi infancia, abrigos de lana gruesa y gabardinas muchas gabardinas... Te entiendo, perfectamente, *mon Georges*... Dibuja con palabras filas interminables de diminutos personajes en filas y filitas... bomberos de casco reluciente y gendarmes de bigotito, jinetes con casco de competición olímpica y monjas con tocas de alas de gaviota y los africanos multicolores con camisolas hasta los tobillos... ¡ah, y violinistas, muchos violinistas! Escribe de músicos de la calle y de los grandes maestros de la sinfónica y del órgano de una iglesia... Que te entiendo porque ya me entendiste, *mon cher*... Y de paso, a la novela misma.

—De todos modos, deja que te cuente: llegué a un café pardeando la tarde. Había comprado el boleto de tren para el Talgo Puerta del Sol; salida de *Gare de Austerlitz* a las 19.00 horas de la fecha que ya sólo queda consignada en el otro cuento. Según yo, me daba tiempo de despedirme del *Arc de Triomphe* subiéndome en el lomo del paquidermo y tomar las últimas grandes fotografías desde arriba... con cámara que ahora llaman analógica, allá cuando ni soñábamos con digitales ni mucho menos con cámaras en teléfono... cámaras de espionaje... cámaras con pantalla de televisión... y me acerqué a un café en *Champs Élysées,* típica *tipiquería* turística, y celebré la calva del camarero, el delantal hasta los zapatos, el chaleco a rayas, la mesita redonda, el café *au lait* y toda la *mise en scène*... ahora que en el mismo lugar han levantado un Burger King, donde no se puede andar por la multitud, el mundo nuevo de los telefonitos con imagen y música instantánea... y no pensaba yo en eso ni en ningún futuro posible cuando miré mi reloj...

¡¡¡¡eran las seis con veinte!!!! Dejé dinero en la mesa como para pagar tres cafés y no sólo el único que tomé...

corrí a la calle y paré al primer taxi que —de puro azar— pasaba libre... y en un francés más que nervioso, le propuse que si era capaz de dejarme en *la Gare de Austerlitz cinque minutes avant les dix-sept heures* o en veinticinco minutos de recorrido más que veloz,

que le pagaría el triple de lo que normalmente cobraría por esa carrera, nunca mejor dicho, y que acepta el taxista y que me subo y que acelera y da la vuelta a la derecha por la primera calle a la vista...

y yo rebotando en el asiento trasero y se le ocurre subir el volumen para inyectarle adrenalina a la escena inolvidable que podría haber filmado de haber existido en ese entonces los teléfonos de pantalla...

y el locutor de la radio anuncia al grupo *Telephone*... y a todo volumen, el taxi parece volar con *Sur la route*, la *chanson de rock français* que canta el taxista...

y que tardo tiempo en digerir que esa canción dice rolar *tout la nuit* y también de día, que nadie sabe a dónde va...

aunque al taxista le queda claro que hay que llegar a velocidad indecible a la *Gare de Austerlitz*...

estoy, estamos *Sur la route et j'en ai rien à foutre... Je suis en route... Nous sommes sur la route...* y canta el taxista en el delirio del volante...

y yo en la película sin rollo, rebotando de puerta a puerta en el asiento trasero donde vuela mi mochila y la cámara y bordeamos inesperadamente el río Sena...

y a lo lejos se escucha ya la sirena cinematográfica de una patrulla o motociclista de la policía...

y la música parece acelerarse también en el momento en que el taxista supersónico gira el volante y paramos en seco sobre el puente que desemboca directamente a la *Gare de Austerlitz*...

cerradas las vías por obras...

con un solo carril para el tránsito sobre el puente, por obra y gracia de unos obreros que parecen dibujos animados con cascos y chalecos amarillos...

y el taxista bufa y entiendo que insiste en que de todos modos le debo el triple de dinero prometido, aunque tenga que bajar de su bólido y echarme a correr con la mochila para ver si acaso alcanzo el tren...

pero no hay nada que hacer y termina el grupo *Telephone* su acelerada interpretación de *Sur la route* que sirvió de *soundtrack* para que el locutor de la radio exclame casi a gritos que todos los radioescuchas no debemos olvidar retrasar nuestros relojes...

pues ha cambiado ya el horario y bañado en una cubeta de babas me animo a murmurar —como si estuviera en clase de francés—: *Quelle heure est-il?*

Que apenas iban a dar las seis de la tarde, que me quedaba una hora y no cinco minutos para sacar el bolsón del viaje guardado en un *locker* de la estación, que le pagaba el triple establecido al taxista, que se jactaba de haber evadido a la policía y que aceptó echar una cerveza en la estación y carcajearnos de unas flores que atropelló en su trayecto enloquecido, que mostró asquerosamente el sudor que le había provocado la aventura delirante de aceptar un reto insólito, como de película, si no fuera para el cuento donde ese desconocido me acompañó al andén y me despidió al pie del Talgo Puerta del Sol, ambos aliviados de la adrenalina inesperada con la que me despedí esa vez de París, sin imaginar que llegaría al compartimiento donde parecía esperarme justo a mí, y a nadie más, la belleza rubia de ojos lilas que cruzó la estación a espaldas del taxista, minutos antes de que me dijera que se llamaba Jarmila.

—*Stop* —exclamó Xavier, sin saber que así también termina la canción de *Telephone* y que ahora vivimos en un mundo donde se puede escuchar remasterizada y digitalizada, con la letra hilada en no una, sino varias páginas que te ofrecen las letras de todas las canciones posibles e imposibles y vuelve a declarar Xavier—: *Stop!,* no sigas más... Es increíble, *mon Georges*... Es el cuento ideal para acompañar el de los rieles y las mieles en tren a Hendaya-Irún... Aunque podrías musicalizarlo con una *Partita* acelerada de Bach... o bien, deja la canción de *Telephone*...

pero te adelanto otro azar: a mi madre le encanta soltar un largo discurso de todas las veces en que tuvimos que correr para subir a un tren en pleno vuelo o abordar aviones a punto de soltar amarras o las prisas que le entraban a Guillaume cuando le dimos la vuelta a Europa en un coche que se fue cargando y recargando con maletas y baúles y cajas y más cajas que fuimos comprando en todos los idiomas posibles, y la adrenalina de la velocidad que amenazaba con soltar las cuerdas con las que amarró maletas al toldo de nuestro coche e imaginar que regábamos las carreteras de Italia o de España con un semillero de ropa en volandas.

»*La velocité, mon Georges... Train à Grande Vitesse*, que quizá ya no permitiría las horas necesarias para hacer el amor con una bailarina checa a la que acabas de conocer... así que tampoco hay prisas para novela... ni cuento de taxi en París... Lo importante es que avances, que me escribas cada vez que te sientas hundir, porque te advierto que es historia con un posible veneno: no te dejes confundir ni rendir cuando sientas en silencio o si alguien te lo dice de mala manera, que la novela de mi madre es cursilería o que esa locura acordada con un taxista es absoluta mentira, porque hoy ya no podría suceder o no sucede en la cabeza del que lo niega sencillamente porque no lo cree. Hay que *creer para ver*, como escribió ese Lichi cubano que tanto quieres, *socio*... cubanísimo hasta la médula, aunque *yo me quedé... y si te fuiste, perdiste/yo, no... yo me quedé*... que me quedé en La Habana porque yo ya no quiero prisas de París... ni de esta Ciudad de México, que no sé si te quedas aquí... o si te vas... y si Lichi se volvió mexicanísimo porque él también puede bailar *yo me quedé... y si te fuiste, perdiste* en una madrugada de bailarina y espías de gabardina que quizá no eran CIA, sino KGB para devolverla presa a Praga y la niebla o vapor de trenes que ya ni eran de vapor, porque hay que *creer para ver* y el que crea en las calles que narres de París, verá en todos los colores posibles el recorrido sin conocer ni un metro de Francia y así también *mi socio*, Lichi que te contagió el afán de aumentador... aumenta, *mon Cher*... acelera como máquina de taxi, de TGV o el AVE que te lleve de Madrid a Sevilla para que evoques dormido las muchas horas que tardabas antes de que existieran esas adrenalinas, porque la novela es de lento recorrido, sin prisa alguna, como la que quizá te inunda la pluma para escribir o des-escribir los cuentos y por eso te pensé para la novela de Catalina, porque no es ni de prisa ni de letargo, que el que lo diga se calle.

»Es una novela de pausas y esperas, de gran velocidad en el vértigo del enamorado y esa callada manera en que se frena Catalina para amar despacio y navegar toda las horas que pase entre sábanas, envueltas sus piernas como ruta de largo recorrido y fuera prisas y viajecitos cortos. Silencio y se besa... silencio y se prolonga el beso... que besos al vuelo no parecen besos y espera, detente y espera camarada... esto es lento porque llevo prisa, despacio que voy al vuelo, *Festina Lente*, *mi socio*... como dicen en La Habana: ancla y delfín que vuela sobre las olas... para en seco para que avances y no tengas prisa alguna por narrar todo esto... porque hay que *estar arriba de la bola*, pero eso no obliga a correr en prosa o prisa... *¡Camina!* Que está con madre cuando en medio de un baile caliente alguien grita *¡Camina!*, porque esa negra está terminando... que se rompen todos los relojes... retrasa la hora, *mon Georges*, que el locutor anuncia el cambio de horario... Es hora de novela aunque quieras narrarla como cuento para ponerla a prueba... *¡Camina!* Camina que eso también es pensar o escribir, que escribe el que camina las calles y los campos, camina la página... No escuches a los que abandonen la trama en el paseo... Te pago el triple de lo que no pienso pagarte ni un peso, pero te pago el triple, si no me crees que esta novela, cuando la narres a prueba en voz alta o decidas ponerla en tinta, es un relato que fija su propio ritmo con lo que vayan añadiendo como durmientes los oyentes... los lectores... Deja que su lectura, que nadie puede escuchar, se oiga en silencio cuando vas tendiendo los rieles como renglones...

»Porque uno busca hilar las palabras con un son o sonata. Porque el que escribe decide tono y ritmo. No sé muy bien cómo es aquello de *encontrar la voz* narrativa que dicen en los talleres, pero aquí se trata de hallar las voces de los muertos y de una historia entera que tiene su propia velocidad. Acelera el empeño y afán, pero desacelera toda la prisa que estorbe a la lentitud... Templa la embestida, frena a la bestia que acomete enfurecida y alarga el engaño, hasta donde alcance el vuelo del verbo... No exageres con lo innecesario, no abuses del betún de los pasteles que de por sí pueden empalagar lo narrado y no fardes ni presumas las frases cortas o cortantes que contienen magia monumental, columnas de verdad inapelable... ¡Camina! y no corras... que todo esto no lleva prisa alguna.

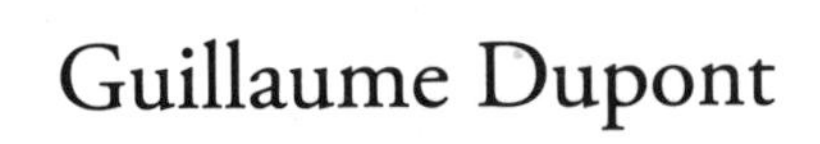

Guillaume Dupont

Para presentarme a su padre, Xavier salió de la terraza y subió a la habitación del hotel para bañarse. Bajaría después envuelto en un vestuario que merecía cinematografía: un blazer *Midnight Blue,* digno de Sinatra, con botones de oro puro, unos pantalones que bien podrían andar solos, auxiliados por un par de mocasines imperiales más cerca del concepto lujoso de pantufla que del común de los zapatos. Al subir a cambiarse, había suplicado que no me moviera de esa mesa o que volviera a la mesa que ya había quedado definida para siempre para nuestros desayunos, uno y el mismo ya siempre.

Aproveché el paréntesis para anotar más fechas y nombres, referencias y respuestas a muchas preguntas que flotaban en el aire en aquella primera libreta que alimenta ahora esta novela, donde habría de pegar el mapa del Metro de París y recortes de bares, cafés y restaurantes que con los años irían aumentando la primera lista al óleo verbal con la que Xavier intentaba resumirme París en el transcurso de una madrugada que se desdoblaba, no sólo en el tiempo transcurrido sobre el humo de los habanos en una terraza de la Ciudad de México, sino en el recurso narrativo que ejerció Xavier al tejer como hilo de media la nómina aleatoria y azarosa de un paneo de París, como en pantalla del recuerdo que heredó de su madre, como si fuese el sueño de Catalina de su primera noche *á la conquête de l'Europe,* dormida sobre un inmenso almohadón almidonado con encajes de lilas cosidos al filo de sus mejillas. Jardín imaginario de la imaginación que se hereda con los cuentos de la sangre, que en el desvarío de dos desvelados había logrado un efecto hipnótico e insomne: parecía que quedaba claro que Catalina —una vez que se habían vuelto a Bolivia sus padres— vivió casi dos años con la ronda de sus hermanos como chaperones, hasta tatuar en el calendario el cotillón donde conoce y baila con el hijo del Conde Dupont.

—*Vraiment, mon Georges* —dijo Xavier recién duchado y afeitado, envuelto en el aroma de una colonia que parecía despertarnos a ambos—, Mamá conoce a *mon Père* en abril de 1937... Hagamos cuentas y verás que tío Fernando, JuanBer y Luis Antonio la rondaron a partir de mayo del 32, en estancias de cuatro meses cada uno... y sea lo que sea, consta que fue acompañada por la segunda o tercera estancia de Juan Bernardo cuando bailó con papá por primera vez.

Volvimos a compartir un inmenso plato de papaya y una jarra de jugo de naranja comulgando con el Sol que se proyectaba sobre la mesa como queriendo ponerse al corriente del relato. Xavier se divertía con la explicación del nombre *Huevos Divorciados*, por aquello de las dos salsas que los bañan, y a mí me parece que comí los mejores *Huevos Rancheros* en la historia de la gastronomía vernácula. Lo menciono no sólo por añadirle otros sabores insospechados a una novela que ya navegaba enteramente en escenarios franceses, sino porque Xavier, sin adelantarse, subrayó que era curioso lo de meter la palabra *divorcio* en medio de un plato con dos huevos, sonrientes como retratos del Sol.

—Ya llegaremos a lo que deparaba el destino a la pareja de soles que son mis padres —dijo Xavier Dupont al intentar mantener asépticamente separada la salsa roja de la verde sobre su plato—, pero *no comas ansias* (como dicen ustedes mexicanos) y concentra tus papilas en esos *rancheros*... para que concentres tus pupilas en lo que quiero que veas con lo que ahora te cuento.

Volví entonces a la apresurada taquigrafía de las anotaciones al vuelo en aquella primera libreta (que quedó manchada con yema y frijol para siempre), y logré enfocar mirada y atención conforme Xavier empezó a presentarme a su padre a partir de la minuciosa descripción de un automóvil, dos prendas elegantes dignas de un caballero intachable y una fotografía verbal.

El coche en cuestión es un Bugati, tipo 57SC, llamado *Atlantic* y de color azul cielo que el Conde Dupont regaló a su hijo Guillaume en febrero de 1937. Por los números que anotaba con el tenedor sobre el mantel de nuestro desayuno, el hijo del dueño de ese automóvil aseguraba que prácticamente lo estaba estrenando la noche sin fecha de abril de 1937, en que llegó al volante del bólido al jardín encantado en las afueras de París donde habría de bailar con Catalina y enamorarse de por vida.

—Anota la palabra *metáfora*, *mon Georges*, para que no se pierda la tinta de lo que quiero decir: ese coche lleva dos faros como sensual insinuación de un busto femenino bajo un suéter cortito de cachemira, o bien, dos pupilas que recorren la noche de por sí iluminada por las curvas que proyecta Bugati sobre las ruedas delanteras. Es una visión erótica de máquina arácnida, encorvada de espaldas con la caída de lámina que cierra el trasero en curva perfecta sobre las llantas traseras, en eso que podría definirse de manera imposible como movimiento fijo, ola inmóvil... *vague* de espuma, oscilante con las puertitas que abren como párpados dormilones, el diminuto espacio de la cabina íntima para dos viajeros, no más... uno que se funde con el otro que, a su vez confunde sus manos con volante... y Xavier hablaba de silencio a lo largo de todos los caminos alineados con árboles que han visto la lenta marcha de tropas napoleónicas y carretas de fantasmas que se hacen a la sombra para que pase la danza de Bugatti donde un *homme et une femme*, limpiaparabrisas como sístole y diástole, latido de susurros en la primera noche donde una mujer baila la ondulación de sus caderas rozando las piernas del hombre que lleva el volante imaginario sobre sus hombros y sus misterios, fundidas las cinturas de ambos que avanzan a una velocidad supersónica de tan lenta, sobre la pista del baile en medio de la campiña, que incluso de noche perfuma con olor de lavanda los alrededores alejados de la ciudad *plus belle du monde* de vuelta y vuelta de un baile que se ha de prolongar hasta que se agote el tanque de combustible oculto entre los riñones de la nave curveada; es decir, toda la vida.

»Ay, *Georges*. Las dos prendas con las que ahora te presento a mi padre parecen clonar lo que llevas puesto desde ayer. Como los tacos que comimos ambos: lo mismo, pero no igualmente. Iguales, pero diferentes. Hablo del casimir gris Oxford de pantalones con lo que aquí llaman *Valenciana* y la raya planchada como plana de papel colegio, como cuando el niño piensa doblar en triángulos la hoja para fabricar un avión. Gris Oxford de lana perfecta con pliegues al filo de los bolsillos, asido al movimiento de toda ilusión que baila por un cinturón delgadísimo de piel que parece brillar; quizá también el cinto de cocodrilo que rodea la cintura de mi padre en los giros con los que lo obliga la música, en combinación perfecta con una chaqueta (*pardon, mon chér*... perdona *s'il te plait*), digo entonces americana como en *Espagne*... saco... *Bien! Voilá!* Saco de *Tweed inévitablement anglaise*... *British Harris Tweed* de líneas muy delgadas que engañan como triángulo el hilo de la finísima greca geométrica o que aquí llaman creo de *palomita* y en USA de *Herringbone*... ya sabes, la prenda con solapas un poco anchas, que al llegar se ocultaba bajo la gabardina de Guillaume Dupont, la misma de Humphrey Bogart entre niebla de *Casablanca*... y no digo nada de la corbata o los zapatos que verás con tus propios ojos cuando vayas a París a contrastar con Catalina todo lo que puedo evocar del vestuario exacto que llevaba mi padre el día que se conocieron en ese baile y que yo siento que asisto en persona por lo que cuenta mi madre.

»Podrás imaginar libremente todas las combinaciones posibles de pantalón de casimires variados y elegantísimas rayas delgadas, los *Tweeds* en marrón y en verde o negro y los sacos con delicadas cuadrículas entreveradas con ligerísimos hilos de color verde o azul sobre un fondo que parece parrilla sobre arenas ocres; corbatas de lino y lana, tejidas y lisas, con largos estrechos y nudos formados como pequeñísimos triángulos, y abrigos de anchas solapas e incluso hombreras altas, conforme la pesan o pasan los años encima. Imagínalo andando con pantalones que en un tiempo cerraban en tubo sobre tobillos y abrían ancho sobre sus muslos, y míralo con saco cruzado y elegante con todos los ternos de tres piezas con los que destilaba elegancia, a veces con el pelo castaño claro ligeramente al vuelo, corto de los lados sobre las orejas y delimitada a navaja la raya de la cabellera recortada sobre la nuca.

»Mis hermanos dicen que estoy mal de los sentidos, pero te aseguro que hubo muchos días en que mi padre olía a maple, y sí, también al agua de colonia auténtica *Eau de Cologne*, de Alemania... mucho antes de que todo eso fuera aroma del enemigo. Y llevaba a veces el falso pañuelo en la bolsa del pecho, y sólo en dos o tres fotografías se le ve con calzado bicolor, de esos que usan los jugadores de golf. De boina jamás... *Jamais de la vie!* o si acaso, en unas excursiones en que parece que está de broma con Mamá.

»Lo cierto es que luego del primer baile, mis padres multiplicaron los paseos por París en dos y hasta tres veces por semana. Sí... que sí, Catalina iba siempre acompañada del hermano en turno y no sería hasta ya entrado el año 38 que, según dice ella, la dejaron salir a solas con el que muy pronto dejaron de llamar *Hijo del Conde Dupont*. Mi padre ya era *Guillermo* para los hermanos de Catalina, que lo nombraban en español, como si mis tíos acabaron —uno por uno— también y de alguna manera, enamorados de él y de sus circunstancias: lo que leía y compartía, lo que había estudiado y las maneras en que había multiplicado exponencialmente los negocios y las propiedades que en un principio habían sido de su padre el Conde Dupont...

y así, como Guillermo a secas fue anunciado en un telegrama muy formal con el que se le informó a mi abuelo Evaristo en Bolivia que su hija, la perla de París, se había enamorado de un hombre digno de su estela.

»Es importante que anotes que Catalina siempre insiste en recalcar que durante los meses de noviazgo —con o sin chaperón en turno—, así alternaran al azar de una mesita en un café a la mesa con mantel manchado de un club de *jazz*, así pasaran de restaurantes de lujo a comedores más populares, así anduvieran por todas las calles estrechas y grandes avenidas, mi padre jamás intentó llevarla a su casa o presentarla con la familia Dupont y casi podría pedirte que anotes en tu libreta que es muy importante subrayar que —*a toro pasado*, como me enseñaste en la corrida a la que asistimos hace meses—, conforme pasaban el tiempo juntos, mi madre intuía que había algo que impedía ser presentada ante los Condes y su entorno. Es como si Catalina sintiera por piel o por el almendrado de miel de sus ojos o por la leve tonalidad de sus brazos descubiertos o sus codos nada blancos... un callado racismo, aunque la palabra es quizá demasiado dura e injusta, porque mi madre no sentía más que levísima duda de que había algo que estorbaba a la posibilidad de que mi padre la llevara a su casa en el Bugatti *Atlantic* de color azul cielo (o *purísima,* como le llaman los toreros, *n'est-ce pas?*).

»Toma nota, porque seguramente *ma Mère* te lo mencionará cuando hables con ella en París, pero también hay que decantar el asunto porque la verdad, y esto que te voy a decir consta como un decreto: a los pocos meses que no pasarán de siete ,desde que nació *L'amour* en el primer baile, Catalina de la mano de Guillaume se cruzó casi de bruces con mis abuelos Dupont en uno de los senderos que atraviesan *Les Jardins de Luxembourg*. Cuando vayas a París ella misma te llevará del brazo —ahora a ti— para caminar contigo ese mismo sendero de arenilla como de ruedo de toros y te señalará el sitio exacto donde se cruzó con quienes serían sus suegros, a la larga sus padres franceses, y te repetirá, como hace cada vez, que esos senderos siempre han estado *alunarados* (dice ella) por sillas dispersas. Sí, sí... a todo mundo y mucho viajero le llama la atención esas sillas metálicas que están allí a solas como sorpresita de París, al filo de un estanque o a la sombra de los árboles después de que alguien quizá leyó el periódico sentado en alguna de ellas, o la mujer que aprovechó para quitarse un zapato y tirar una piedrita que le venía torturando la planta del pie, o el anciano que descansa en una de esas sillas que se le cruzan a uno como alivio, así como se le cruzó a Catalina de la mano de mi padre la mirada hipnotizada a dos voces y cuatro ojos de mis abuelos Dupont, sin que ella supiera que eran el Conde y su señora, padres del amor que llevaba apretado en la mano, y un brevísimo silencio sirvió para lo que quizá ni te imaginas. Mi padre decía que dijo *¡Ah, ¿qué tal?! ¿Qué hacéis por aquí?... pensé que irían al teatro...* y que lo interrumpe en seco el Conde que sería mi abuelo y que le dice algo parecido a *¿No nos piensas presentar a la dama? ¿Cómo es posible que no nos habías hablado de ella?* Y que mi abuela, la Condesa, simplemente no se aguantó y le dijo directamente a los ojos de Catalina que era no más que la mujer más hermosa que jamás había visto, mientras el Conde añadió una alegría que no podía o no quería o no supo cómo explicar que era por interpósita fortuna de su hijo que sería luego mi padre, que tartamudeaba y que veía con azoro la elegantísima manera en que salía la voz de Catalina, como una perfecta flauta transversa que salpicaba la partitura hasta ese instante incómodo donde los cuatro armonizaban un pequeño concertino de afortunados equívocos, que mi abuela ya no le soltaba la mano a Catalina e insistía en que se dirigieran los cuatro a casa y presentarla con los hermanos de quien sería mi padre, mientas el Conde pasaba el hombro orgulloso sobre su hijo sudoroso y sí, anota bien en la libreta, la sutil línea donde mi propia madre ha de decirte que esos instantes se han vuelto eternos, porque para eso estoy contándotelo y que por ello queremos que nos hagas novela, porque Catalina y Guillaume florecían camino de casa en familia con una suerte de nerviosa risa inaudible, que enmarcaba todo ello como si se coronase oficialmente a la Princesa de París, tan lejos de su cuna, padres, patria o palabras... como quieras escribirlo.

La Grande Famille

Poco importa si la cronometría exacta de novela coincide milimétricamente con el alargamiento de las horas y el kilometraje de tantas líneas que han poblado por lo menos dos libretas y quién sabe cuántas narraciones en público, en diferentes escenarios, para sincronizar como en pantalla gigante el hecho de que el desayuno apenas bastó para que Xavier me presentara a su padre de palabra, auto, ropa y los primeros párrafos de su fotografía verbal. Quedaba claro para ambos que la narración nos llevaría de vuelta a la terraza, que volveríamos al auxilio de la cafeína y el humo de los habanos y que, sin saber exactamente si la comida habría de llevarnos a la celebración de otra cena en la misma mesa o a la navegación de otra madrugada, sabiendo que ya todas serían la misma insomne maravilla con la que todo amanecer se convertiría para toda la vida en la celebración de una historia que en realidad parece no terminar.

Con el paso de los años he confirmado que existe una vieja película digitalizada y coloreada que se puede ver en internet y que Xavier me empezó a describir en cuanto apagó el largo cerrillo con el que encendió la nueva dosis de puros. Se trata de una vieja película de un anónimo camarógrafo de los años veinte del siglo pasado que recorre sin rumbo las calles de París y que alguien ha colgado en la red con un fondo musical que en realidad no encaja del todo con las imágenes. Según Xavier Dupont, durante los minutos en que la vieja película retrata los rostros y ofuscadas sonrisas de unos comensales que abarrotan las mesas de la terraza del *Café de la Paix*, a la vuelta de *L'Opera* y a las faldas del *Grande Hotel*, se pueden observar claramente a quienes serían sus abuelos paternos, tomados del brazo y caminando hacia el objetivo en un pequeño paseíllo de cuatro o seis segundos, sonrientes y ralentizados por obra y gracia de la digitalización.

Geneviève Rochefoucauld, condesa del brazo del conde Jean Jacques Dupont, coloreados en una película digitalizada por un anónimo arcángel que rescató de la amnesia las vistas de una ciudad que ya no existe, por donde deambulan en sonrisas o se congelan con seriedad de espanto, cientos de fantasmas filmados por la lente, a pesar de que ha tiempo dejaron de caminar por este mundo. Mar de muertos en blanco y negro o en sepia que inexplicablemente han recuperado todos los colores del tiempo en que se quedaron ya para siempre filmados, colores precisos de sus diminutos pañuelos y la tonalidad exacta de un peinado elevado sobre el rostro polveado de una corista que parece que lleva prisa o el carrete inclinado de un obeso hombrón que mueve su bastón como dirigiendo la escena o el enjambre de automóviles que parecen esqueletos raquíticos con delgadísimas ruedas que se entrecruzan como jeroglífico sobre el pavimento que resulta aún novedoso para los caballos de los guardias y la blancura de los teatros y los templos y el color de los toldos color verde, inclinados para dar sombra a las *boutiques* y *boulangeries* y hace hablar en silencio a los *bouquinistes* a la vera del río Sena y a los camareros con el mandil hasta los tobillos y el chaleco a rayas grises, y el joven que mira nervioso a la cámara, quizá un poco avergonzado por la bata de azul rey con el que viene de realizar una faena de fontanería, y los carpinteros que esperan quién sabe qué instrucción, al filo de la acera alineada con tres filas de mesas redondas, todas con su *petitte garrafe du vin blanc* o su jarrita de agua de sifón y tacitas de café, o la niña de la limonada helada y el cocinero gordo, que no *Chef de cuisine,* que ha salido a reclamarle al carnicero de bigotes de morsa un hilado de costillas, mientras dos ancianos de largas barbas hacen constar el puente entre siglos que llevan en las arrugas de sus caras, al igual que todos los filmados que están al filo de morir con la década de los años veinte, sin imaginar ni remotamente que unos habitantes del futuro siglo xxi están observándolos en pantalla con los colores recuperados, allende el deslave que pretendía enterrarlos en el olvido, porque por ahora ya se volvieron eternos o por lo menos intemporales al acompañar en cuatro o seis segundos, los pasos que dan hacia el objetivo dos personajes de un noble pasado —ya caduco desde entonces—, porque son espectros esfumados que sincronizan sus pasos al ritmo de una música anacrónica con el único propósito de abultar un poquito más el misterio o el azar de su nieto que los presenta aquí y ahora de viva voz, para que una novela no dude de las raíces o genealogía o biografías de los Condes que habrían de celebrarse hasta el último día de sus vidas como suegros de la mujer más bella del mundo.*

Los enamorados, según Xavier, son seres muy cercanos a verse enajenados. Tenía que decirme que tanto Catalina y Guillaume no hablaban entre ellos una sola palabra sobre la Guerra Civil que se desgarró en la vecina España en el verano del año 36, y que muchas de las efemérides del

* Al narrar todo esto en un festival literario en Madrid, una joven cineasta me prometió enviarme por correo electrónico varias películas digitalizadas y vueltas al color que registran la vida en las calles de Manhattan a principios del siglo xx, un recorrido por el Londres de Sherlock Holmes y un breve cortometraje de la Viena de Stefan Zweig, Joseph Roth o Sigmund Freud... y sigo a la espera de ese envío, aunque supongo que puedo encontrar todo ese material en internet y confirmar que imagen es palabra, que se necesitan no más de mil palabras para afirmar que *una imagen vale más que mil palabras,* y que lo desaparecido deambula ya para siempre en sepia o celuloide, pero vive en párrafos y páginas que narran su inmensa biografía, aunque no dejen de ser anónimos los fantasmas que caminan con nosotros las mismas calles de lugares inexistentes... porque también los muertos nos acompañan en vida.

mundo a partir de su primer baile en círculos concéntricos pasaron inadvertidos o lejos de los besos y su deseo. Ajenos a las hazañas y desgracias, lejos de avalanchas en los Alpes o monzones en Tailandia, ni sombra de Sudamérica en su mente o en las noticias que poblaban los periódicos que más bien servían para envolver viandas o cubrirse de chubascos inesperados, o para intentar entrenar al cachorrito que le regaló Guillaume a Catalina sin motivo alguno y así también, el devenir de la música que se popularizaba u olvidaba más allá de poder bailarla de vez en cuando y se ampliaban los afectos en amigos que engrosaban ya desde entonces la corte de la Princesa de París y su Conde Consorte y se formaba una espuma de variables gozos y felicidades efímeras que se sellaban como la digestión de cada comida y banquete con *La Grande Famille Dupont* que parecía visitarlos en viandas o racimos por París y todas sus postales para conocer a Catalina y en cada ocasión mencionar —como quién no quiere la cosa— *A ver qué piensa la abuela.*

La Grand Mère Eloïse Dupont vivía en un *château* legendario en algún lugar de *Provence*. Según adelantó Xavier —al tiempo que pedía un tequila de aperitivo para la comida que ya sentíamos ambos como próxima e inevitable—, lo poco que quedó de esa fascinante propiedad cuasi feudal ya no ameritaba extender el viaje cuando se me diera la oportunidad de volver a París y entrevistarme con su madre. La Segunda Guerra Mundial se encargó de bombardear el *Château Dupont* y parchar el paisaje medieval de su majestad inmobiliaria con una abundante viruela de balas, cascarones provocados por granadas de mano, infinitos agujeros en la piedra provocados por obuses o escupitajosde pólvora lanzados por las trompas de tanques blindados, y se le llenaban los ojos de mar salada cuando intentó no atragantarse con el tequila y llevarme de la lengua en prosa a media voz para narrar que mucho antes de que Don Evaristo y Doña María Luisa anunciaran su vuelta a París, con motivo de formalizar el noviazgo de Catalina con Guillaume, mucho antes de que se reunieran también en París los tres hermanos de quien fuera Princesa de Cochabamba para convertirse en la belleza parisina que prácticamente ya ni hablaba español (*y si lo habla es con evidente acento y muy poco vocabulario activo*, me dijo Xavier)... Mucho antes de todo ello, *La Grande Famille* Dupont preparaba a Catalina para el obligado peregrinaje a *Provence* en busca de la aprobación de la Matriarca.

Fueron no pocas semanas de una suerte de propedéutico que podría intimidar a cualquiera, porque las primas de Guillaume (diecinueve en total y de diferente apellido o grado de parentesco) parecían querer asustar a Catalina con los chismes de que su abuela sólo recibía visitas (incluso de la familia) en un inmenso salón alineado con espejos y sentada sobre una especie de trono dorado que se ubicaba en una tarima de poco más de un metro de altura, con lo que todo visitante (así fuera de su familia o no) tenía que llegar prácticamente inclinado ante la anciana; luego, los primos y primos segundos de Guillaume (en total, veintiséis) que le confiaban a Catalina que la Matriarca Eloïse censuraba música y libros por caprichos impredecibles, que revisaba constantemente la biblioteca de su *château* (por si algún nieto dejaba olvidado algún título de autor indigno cuyas páginas durmieran bajo el mismo techo donde dormitaba la *Grand Dame*) y que, aparentemente, detestaba no sólo el *jazz*, sino también ciertos boleros en español que habían intentado colar unos atrevidos familiares en acetatos que llevaron para una Navidad en Provenza. A Catalina le querían enredar la cabeza con rumores y sentencias de cómo debía vestirse para la presentación ante la Matriarca Eloïse, y que si convenía o no que la acompañara el hermano en turno o la llegada de sus padres desde Bolivia... y el hecho mismo de informarle a la Matriarca que ella era boliviana, aunque a todas luces (nunca mejor dicho), ya era más que parisina.

Dejamos la terraza con dos tequilas que se tomó Xavier a sorbos (y no de golpe y un solo trago, como lo beben equivocadamente los que no conocen México), y aunque yo ya nadaba en cafeína, nos volvimos a la misma mesa donde ya parece que comeríamos por siempre. Para que no falte lo verificable, y quizá se lea como más palpable lo inverosímil o lo insólito, consta que había llegado el momento de que Xavier probara un buen *Huachinango a la Veracruzana* y yo intentaría marear a mi amigo con un rollo patriótico sobre el *Chile en Nogada*, la bandera de México y la Batalla del Cinco de Mayo, la derrota de los franceses en Puebla y la entrada de Iturbide a la Ciudad de México, con un repentino salto a la figura en bronce de Don Benito Juárez... y por supuesto, fracasé en el intento por la confirmada cultura amplia y superior nivel intelectual del gran Xavier que a risas no se dejó engatusar con el rollo, al igual que sucedió con su madre Catalina que en vísperas de la cita para la peregrinación a *Provence* se preocupó más por los nervios de Guillaume, que por la censura en potencia que le aplicaría la Matriarca de los Dupont.

Cuentan en Francia —y no sólo entre los familiares de Xavier— que la excursión a *Provence* y todos los párrafos posibles sobre el viaje en busca de la bendición de Doña Eloïse merecen por lo menos un cortometraje, pues resultó que el Conde dispuso enganchar a una locomotora no uno, sino dos vagones de tren —propiedad de Dupont—, y sumando a quienes viajaron en automóviles, fueron cincuenta y dos familiares (entre nietos de la matriarca, novios y novias, esposos y esposas de los mismos, más amigos íntimos del núcleo central Dupont), además de Catalina y su hermano Fernando (que por azar llevaba el turno de estancia en Francia) los que llegaron hasta los muros medievales del espléndido *château* familiar, aún no mancillado por la guerra.

Hay que acotar que no pocos tíos y primos Dupont aprovecharon el viaje en tren para hablar de la nada improbable explosión de esa que sería la segunda Gran Guerra en herir el alma de Europa, pues no pocos familiares vivían con muy cercano interés y dolor veraz las noticias que llegaban de España e incluso, supe años después de esa comida con Xavier, que uno de sus tíos fue amigo más que cercano del gran Manuel Chaves Nogales, periodista con toda la barba (que nunca usó) y escritor a toda prueba, incluso de balas, que no sólo dejó constancia de su inmensa prosa y lúcida inteligencia en todo lo que reportaba desde la Guerra Incivil de España, sino a la postre un bisturí filosísimo e intachable de lo que tituló como *La agonía de Francia* y ese dramático derrotero de derrota y dolor que dobló las manos ante la aplastante invasión alemana y el veneno del nacional-socialismo poco tiempo después (sin que nadie lo presintiera de veras) de la excursión Dupont a las faldas de la Matriarca y así también —tal como confiaba Catalina—, todo el misterioso chismerío de un supremacismo velado o racismo en potencia de Doña Eloïse se desmoronó en cuanto —ya entrados todos en el castillo de esa supuesta pureza, escondidos tras los espejos más de un medio centenar de familiares Dupont (junto con Fernando el boliviano mayor), la ya nada niña Catalina, Princesa de París, abrió de par en par las altas puertas que daban entrada a un inmenso salón de veintisiete metros de largo, suela encerada como brillo de Sol, del lado derecho alineados como centinelas los altos espejos y una barra evidentemente útil para clases de ballet, mientras que por el otro lado se sucedían anchos ventanales que ofrecían, como mural, un paisaje interminable de todos los nombres del color verde, campos a lo lejos de lila lavanda y árboles alineados como si participasen en una forma natural del ajedrez.

Catalina caminó hacia la tarima donde ya reinaba en su trono dorado la matriarca Eloïse y le sostuvo la mirada directamente a los ojos de la anciana, tal como le habían indicado las primas de Guillaume, y con una levísima reverencia, donde apenas dobló una rodilla, para ejecutar un elegantísimo *plié de prima ballerina* y un discretísimo *Bon Jour, Madame,* que aprendió desde sus primeros días con la institutriz de su nueva vida, Catalina esperó incólume en medio de un silencio de siglos. Lo que escuchó a continuación parecía absolutamente increíble. *La Grande Mère Eloïse*, matriarca Dupont, le pidió que se subiera a la tarima, que se acercara lo más que pudiera, y a menos de un metro de su hermoso rostro le preguntó: «*¿C'est vrai que vous avez de Amerique?*». Mejor aún, añadió en perfecto español: «*Perdón... perdona, pero pregunto si den verdad es Usted de América... y digo quiero decir que es Usted indudablemente la mujer más bella que he conocido... En fin, ¿En verdad viene Usted de América?*».

Según Xavier, a la mitad del huachinango a la veracruzana, se empezaban a escuchar risitas tras los espejos y un rumor tras las puertas a espaldas del trono de la Matriarca, cuando Catalina respondió orgullosamente que *Sí, je suis bolivien... et parisien aussi...* y que la abuela le sonrío con una media luna de dentadura perfecta entre los labios y le dice tomándola de la mano: «*¡Háblame de Hollywood!*», y la familia entera salió de los espejos multiplicados en carcajadas y un sobrino previsor descorchó con ligero estruendo un botellón de champagne y las primas se abrazaban entre ellas y los primos se reían en fila para saludar a la Matriarca y Catalina giraba entre todos los abrazos y el beso de su hermano en la frente, en ese raro momento en que parecía sellarse de manera oficial su entrada a un familión noble que habría de abocarse como empresa tribal a la preparación de una boda que no sería cualquiera cosa.

Mariage o (Paréntesis)

Por hilo de la historia que he narrado muchas veces, y para intentar novelarla como ya se me ha hecho costumbre, este capítulo se llama *Mariage* porque evidentemente lo que siguió en boca de Xavier (además de los últimos pedazos que saboreaba del huachinango a la veracruzana) fue la crónica de la boda de sus padres. Aún así, inserto un *pero* y diré que tampoco está fuera de lugar que *Mariage* (así, en francés) sea también capítulo a titularse *(Paréntesis)*, también entre paréntesis, para explorar una posible definición del matrimonio como paréntesis, pues la pareja que se embarca en ello parece poner en pausa al planeta o al menos hay un ánimo de que la vida de ambos queda entre paréntesis, por lo menos en lo que dura la luna de miel, y así se lo llegué a comentar a Xavier conforme pasaron años desde aquélla comida-cena-desayuno-aperitivo-comidabis y etcétera. A él le pareció ridícula mi idea, quizá con total razón, pero no dejaré pasar este párrafo para ponerle un paréntesis a la novela y acotar que —bien visto—, aunque los signos ortográficos que lo indican no se aplican exactamente a ser metáfora de nupcias, sí describen lo que pasó con Xavier y el que escribe al terminar aquella comida en bis.

Evidentemente, ambos asumimos que volveríamos a la terraza del hotel para compartir los postres y, sin decirlo, también sabíamos que la narración continuaba viento en popa y, muy probablemente, se extendería hasta llegar a otra cena como posible puerto de cabotaje. Diga lo que diga Xavier al paso ya de tantos años de amistad, volver a la terraza y definir entre ambos un postre de chongos zamoranos y esa rara combinación de zapote negro con gotas de zumo de naranja, significó un auténtico paréntesis en el decurso de lo que me venía regalando verbalmente, y paréntesis también fueron los minutos en que volvió a subir a su habitación en busca de otros habanos dignos de ahumar la tarde.

Paréntesis de ausencia que aproveché para echarme agua helada a la cara, encargar otra buena jarra de café cargado y ponderar en ausencia de mi amigo que no era la primera vez que entablaba tertulia o sobremesa sin una sola hora para dormir. En otra vida —de cantinas, bohemia y mucho vino— hubo más de un rosario de desvelos donde la ingesta solitaria de alcohol en muchas de sus formas y sabores, o el delirio etílico en comunidades variadas, rompía totalmente con los horarios de la gente normal y uno andaba medio mareado fingiendo la cruda o disfrazando cualquier tipo de resaca con la mentira de un *jet-lag* sin haber volado en avión, o la ilusión de un cambio drástico de horarios sin haber cruzado océano alguno. Mi paréntesis se alargaba en sobriedad con el recuerdo de aquella vida que en realidad conducía a la muerte y con verdadera gratitud de conciencia me quedé en la mesa de la terraza rellenándole renglones a la primera libreta mientras pasaba el largo rato en que tardaba en volver Xavier de su habitación. Es decir, un paréntesis.

También pienso al paso de los años que aquella heroica hilación de horas sin horario no sólo no fue la primera en los muchos desvelos de mi vida, ni mucho menos la última, pues se han sumado no pocas madrugadas en sobriedad donde he navegado lecturas interminables e intentos de narrativas tal como un paréntesis plegable o expansivo donde se pausa todo el ruido del mundo y todas las rutinas de costumbre para invertir el alma en abono de párrafos y páginas, ya leídas o pergeñadas en medio de la noche para transformarlas en tinta. Pensaba en ello al tiempo que anoté en la libreta el recuerdo inesperado de mi amigo Diego el Alto, que contaba de vez en cuando la repetida historia de una tertulia que acostumbraba celebrar su padre con unos amigos infalibles y que hacían lo mismo que se estaba tejiendo con Xavier: se citaban para cenar y prolongaban el ritual hasta que los venciera el sueño o se les agotara la saliva. Es más, permítaseme citar a continuación unos párrafos de otra novela donde intenté un agradecido homenaje al ejemplo intemporal de esos locos entrañables y, entre ellos, el padre de Diego el Alto.

En esa otra novela, se interrumpe un párrafo que retrata la mentada tertulia como nave de los locos y escribí que «A todo esto, quien no habló ni una sola palabra de las muchas que parecía querer decir al respecto fue don José María la Florida, el más Quijote de la mesa, el albatros de los brazos largos y barba imperial...», siendo el padre de mi amigo Diego el Alto, y prosigue lo que escribí en esa novela con aclararle al lector que «... de eso tampoco me vengan a preguntar en este párrafo donde lo único que puedo subrayar es el hecho verificable, la constancia fiel, de que José de la Estrella, Manuel Águilas Chamberí, Leopoldo Argüelles y el propio JoseMari la Florida mantenían intacto un raro vado en el tiempo, como si no hubiese pátina que alterara el escenario idéntico del Café Tupinamba, y como si las canas que revelaban el paso de sus años no fueran más que maquillajes al filo de la realidad... y la única explicación que se me ocurre, incluso sin que me la tengan que preguntar, es que la tertulia inamovible jugaba un sortilegio constante que les permitía precisamente eso: abatir con conversaciones interminables el paso del tiempo, a la vez que abatían con evidente acento español y madrileñísimos modales intactos todas las distancias que se habían marcado con sus respectivos exilios, destierros, amnesias y recuerdos. Se sabe y consta —no sólo en el Tupinamba, sino en más de un Vips de la inmensa Ciudad de México— que Argüelles,

La Florida, Estrella y don Águilas Chamberí eran capaces de citarse a cenar sin pretexto particular... alargar la sobremesa con filosofías interminables... asumir entonces la madrugada con todas sus horas, flotando en una cafeína colectiva... amanecer con otra discusión, quizá de tema más banal... prolongar el desayuno hasta convertirlo en almuerzo... celebrar entonces una comida animada, con mayores adrenalinas, donde parecería que no se habían podido ver en años... entonces... salvo, por la misma ropa del día anterior, prolongar la tarde con postres y cafés renovadores y resucitadores... hasta que a un camarero se le ocurra insinuar la cena y repetir, como si fuese un guion de Buñuel, la cena del día anterior, para prolongarla renovada y sin miel de abeja en tertulia de toda la noche, alargando la madrugada hasta que llegue de nuevo un desayuno que parecería el mismo, si no fuera otro... y otra vez, navegar el día, hasta que llegue la hora de comer en la misma mesa, con los mismos pasajeros en un camarote entrañable y enloquecido donde componen y recomponen el mundo, vuelven al paisaje de España que grabaron en su memoria y vuelven a llegar a la misma Ciudad de México que es siempre Otra, donde desparraman su imaginación, sus discusiones, sus empatías y conexiones, sus filiaciones y sus odios, los dedos sobre la mesa punteando como telegrafistas aquello de *Este año muere Franco*, las manos aleteando como ángeles contra todos los corajes e inconformidades posibles, aleteando cada sílaba salival con todo el tiempo del mundo, setenta y dos horas eternas donde no pasa nada, no pasarán, no pasarán y no pasarán...».

Al volver Xavier a la terraza y preguntarme qué garabatos me rellenaban las páginas de mi libreta le dije —sin mentir—: «Escribo de exilios... más bien de unos exiliados españoles que celebraban con cierta asiduidad una tertulia que prolongaban hasta setenta y dos horas... poco más o menos como estamos haciendo nosotros... y ya encarrerado, busqué aquí mismo en el teléfono el archivo de una novela donde escribí de ellos y mira: por agua de azar, el párrafo termina con alusión al *¡No pasarán!* que insinuaban los parientes de tu padre, mientras viajaban en tren a la real audiencia con la matriarca Dupont».

—¡Uf, *mon ami*! —resopló Xavier—, y de exilios podemos edulcorar o agriar la historia de *ma Mère*... y sí, que del *¡No pasarán!* supieron todos esos familiares la terrible refutación de *L'Histoire* con mayúsculas de sangre, porque pasaron... y nos pasaron por encima. Nos pisaron, *mon chèr*... ¡pasaron y arrasaron con todo y tantos! Pero no adelantemos páginas, *mon Georges*, que los postres nos han de ayudar a cerrar el paréntesis para abrir un poco más tarde nuevo capítulo, ¿no crees?

—Inauguremos este delirio que se conoce como chongos zamoranos (que ahora me aclaras si no son más que rizos de nata de leche cuajada, endulzados a ultranza) y espero no hayas probado jamás este milagro que se llama zapote prieto por lo negro, escanceado con unas gotas de jugo de naranja —dije en descarado tono de *gourmet* para que Xavier identificara la clara ironía o sarcasmo con el que intentaba presentarle la *haute cuisine mexicaine*.

—Pensándolo bien, *chér ami* —dijo Xavier con el primer pedazo dulce de chongo en la boca—, podrías abonar un paréntesis en la novela y dedicarle un párrafo a la verificación o negación de que *mariage* en francés es el secreto origen de la palabra *mariachi,* y enredar a los lectores con el sí o no de que fueron músicos franceses y centroeuropeos que llegaron a *Mexique* como parte de la corte del efímero Emperador Maximiliano de Habsburgo y que se dispersaron allá por los Altos de Jalisco, diseminando la música que llevaban en violines y demás instrumentos, tocando en bodas de esa región, hasta que *mariage* pasó a ser *mariachi* o qué se yo... pero no descartemos ese paréntesis como postre antes de volver de un castillo ya inexistente en *Provence* en dos vagones de tren propiedad de mi abuelo el Conde, donde viajaron de vuelta a París todo el clan Dupont, con la Matriarca incluida, para iniciar esa misma semana lo que Catalina siempre evoca como *la larga y feliz época de los preparativos* de su boda con mi padre.

La vie en rose

Es falso que la palabra *mariachi* provenga del vocablo francés *mariage,* porque consta en archivos anteriores a la Intervención Francesa en México que la palabra se usaba *desdenantes* (como aún dice mucha gente en varias regiones de México) y por ende, la leyenda de que unos franchutes llegaron a una boda celebrada en los Altos de Jalisco y al preguntar los motivos del jolgorio fueron informados de que se celebraba *un mariage* y un largo etcétera, es absolutamente ficción pura, pues no menciona las remotas raíces indígenas y otras muchas vetas de la cultura musical mexicana, las genealogías del son y sus variados ánimos o tonos o colores, y también es falso que en la boda de Catalina con Guillaume haya cantado Édith Piaf.*

Es absolutamente cierto que en 1933 (cuatro años antes de la boda de Catalina con Guillaume), Édith Piaf (cuyo verdadero nombre es Édith Giovanna Gassion) tuvo una hija con Louis Dupont (sin que se sepa a ciencia cierta si fue o no miembro de la familia), a la sazón mozo y mensajero alejado de toda alcurnia o nobleza y que la Piaf se hizo madre con diecisiete años de edad de una hija de ese Dupont a la que llamaron Marcelle, angelita que moriría

* Esto lo aclaro quizá sin necesidad, por la rara y muy incómoda interrupción que me asestó un necio individuo en una de las muchas veces en que narré *Cochabamba* ante un auditorio, fardando ante los oyentes no sólo que le constaban anécdotas y detalles de la boda de Guillaume y Catalina, sino que además juraba saber de buena fuente que en la celebración cantó Édith Piaf, a la sazón «novia de un miembro de la familia Dupont».

pocos años después de un severo ataque de meningitis, pero nada de esto apuntala la posibilidad de que la voz de ese ruiseñor cantase en la boda, cuyos preparativos empezaron oficialmente con el jubiloso cable que enviaron desde Cochabamba los padres de la novia, anunciando su posterior llegada con bombo y platillos a París con otros dieciséis bultos y baúles, las maletas y portatrajes de los dos hermanos que llegaban también a sumarse al hermano en turno, y siete sirvientes de la vieja casona de Cochabamba que salían por vez primera de su paisaje y cruzaban el ancho mar para asistir uniformados y de blancos guantes a todos los preparativos y pormenores de lo que ya pintaba en convertirse como la Boda del Siglo.

—No necesitas enrollarte —bien dijo Xavier al probar el zapote prieto— ni enrollar la novela. Con lo verificable basta y Catalina tiene en álbumes todos los recibos gasto por gasto y las fotografías —casi cara por cara— no solamente de los invitados familiares, sino de la *Legion des Amis... et aussi*, *La Legion Ètranger* de huidos de España, de no pocos socios judíos que contaban horrores de su salida de Berlín y Hamburgo... y Catalina conserva los dibujos para su vestido que hizo Coco Chanel, los zapatos que inventó no sé qué modisto y todo lo que compró de Vuitton el abuelo Evaristo y las joyas que encargó la abuela María Luisa como obsequio para la Matriarca Eloïse y mi abuela Geneviève, e incluso mi hermano Pascal, que te he dicho que es cineasta, tiene amigos en *Radio France Internationale* que tienen identificados los discos de las tres orquestas que tocaron en el banquete. Mamá conserva los menús impresos, la cuenta de los arreglos florales, una entrevista con el *Chef* que publicó un periódico belga, los reportajes que salieron en revistas norteamericanas, los álbumes de ambas familias, el Patriarca Evaristo y la Matriarca Eloïse juntos y muy serios en el dintel imperial de la vieja casona de la rue Lauriston, y cuando visites a Catalina, te mostrará intacto su vestido satinado, el larguísimo velo, un misal que le regaló la abuela Dupont que venía de siglos en *la famille*... pero me falta decirte lo mejor y para eso... preciso un whisky.

Así que seguíamos en la terraza, despejados de todo postre, dispuestos a encarar otra tarde y esperar otro atardecer cuando Xavier irrumpió de pronto con algo que debería destilar electricidad en este párrafo: «Sucede que la víspera de la boda, *mon Georges*, en la ancha y amplia habitación donde dormiría por última vez mi madre Catalina como soltera, con el vestido blanco de emperatriz desplegado sobre un *chaise longue* y el velo ligeramente al vuelo por una brisa que se colaba por una ventana medio abierta, envuelta en su bata y el camisón oriental (quizá el mismo ajuar que tenía pensado ponerse a la noche siguiente, ya en compañía de mi padre), allí en medio del amplio espacio de la habitación donde llegó a dormir desde su primer día en París, mi madre pide un té por el telefonillo que interconectaba a toda la inmensa casa y a los pocos minutos toca y entra una de las sirvientas que habían viajado desde Bolivia con mis abuelos.

»Te lo contará ella misma, con el mismo nudo que se le hace en la garganta cada vez que lo narra como nadie. La muchacha de Cochabamba, morena y de largas trenzas negras, uniformada como afanadora de un hotel de *cinque* estrellas elogia el vestido y los zapatos de raso o seda... la felicita por todo lo que estará a punto de vivir en cuanto amanezca el gran día... y sí, sin poder contenerse, le espeta de pronto una pregunta que deberás intentar escribir con hielo:

—¿Usted sabe por qué está aquí, Niña?

—Porque mañana es mi boda... y me confirmo como Princesa de París —dice mi madre que respondió divertida o distraída.

—¿Supo Usted que murió Natanael allá en la tierra nuestra... y sabe Usted que soy hija de Elvira, la que fue su nana y la de los hermanos de Usted?

—No sabía nada de eso —respondió Catalina con el acento francés que ya llevaba tatuado en la lengua... y ¿qué es de Elvira?

—Está ya muy mayor... y manda sus bendiciones y lloró cuando salí elegida entre las muchachas que pidió Don Evaristo para hacerle el viaje de compañía a su mamacita María Luisa —dijo la muchacha de Cochabamba mientras jurgoneaba con el borde de su delantal con las yemas de sus dedos morenos... y entonces suelta la lengua y añade *que es lástima muy grande que no pudo venir ella misma y que ella misma le dijera Niña, con todo respeto, o que preguntara directamente si sabe o no por qué está Usted aquí...*

y Catalina la interrumpe para repetir ya no tan divertida que *Ya te dije... Yo me vine con mis padres a París porque mi padre me quiso abrir las ventanas del mundo y me abrieron las alas y soy la reina de Francia y mañana me caso con el amor de mi vida y ¿a qué viene todo eso que dices que dice Elvira, la pobre ya muy anciana...?*

—Que dice que Usted nunca supo entonces que el día que Don Evaristo le dijo que hacían el viaje... el día que en medio de la comida le dijo a ustedes que ese mismo día o al día siguiente salía Usted con sus padres para Europa... que dice Elvira que ese día había tocado en la puerta de la casa un minero que venía de la mina y que le dijo a su padre, Don Evaristo, que era de vida o muerte que quería hablarle a Usted, Niña, porque dijo que se quería casar contigo...

—¡¡¡¿Qué dices, imbécil?!!! —repitió Xavier con un whisky en la mano y a mí se me cayó el café, quemándome los muslos y manché la libreta y hasta parecía que se clonaba la voz de Catalina al instante en que su hijo intentaba recrear en medio de la nada, décadas después del hecho, el eléctrico momento de una confusión innecesaria porque repite Xavier (y me aseguraba que así lo corrobora su propia madre) que Catalina ya furiosa le dijo incluso *gata mala* a la sirvienta boliviana y le repetía imbécil más en acento francés que en rabieta en español y se le acercaba con ganas de zarandearla por los hombros, subiéndole el volumen a su ira, cuando le escupía inevitablemente soltando lagrimitas de saliva entre los labios que *a qué demonios vienes a decirme semejante estupidez, ¿qué hombre de todos los hombres del pueblo quería casarse conmigo si yo era una niña, entiendes? ¿Quién iba a tocar la puerta y decirle semejante imbecilidad y atrevimiento al hombre más poderoso de Cochabamba? ¿Qué vienes ahora a decirme niña imbécil y mil veces imbécil y Elvira que te manda con el recado? Cobardes... resentidas... malagradecidas... ignorantes... malnacidas... ¿qué no entiendes lo que es mi felicidad envuelta en este vestido? ¡¡Mira por la ventana, bestia ignorante!! ¡¡Aquí es París y yo su reina!! Lárgate cuanto antes, vete de mi vista y date de santos que no te azoto la espalda... y que no pienso decirle nada a mis padres y que te prohíbo que repitas esta estupidez con nadie. Nadie... Nadie.*

Las dos o tres horas que faltaban para que llegara otro anochecer sirvieron para que el relato de Xavier se cortara por pausas largas. Más bien, abrió paréntesis que aprovechaba para seguir en la adrenalina llorosa que le filtraban los whiskys en el ánimo y silencios largos donde cada uno de los dos pensábamos penosamente en lo mismo: la dolorosa y vergonzosa imagen de la hermosa Catalina insultando con acento francés a una mensajera inocente... la increíble y triste historia de un enamorado perdido en el olvido que de pronto parece salir del paisaje mismo de Cochabamba y resucitar al menos como espejismo para sorpresa de la mujer con la que nunca pudo hablar... y Xavier o yo meditábamos ambos, o cada quien por su lado, en la inmensa tristeza de toda la escena inconcebible, en la anónima mensajera y en la anciana Elvira que fue nana de Catalina, hasta en el incongruente afán de avisarle desde lejos, desde el olvido, que hubo una vez un hombre, minero que se había enamorado de ella de lejos y que por esa locura increíble su padre Don Evaristo le había inventado una vida completa, una vida ajena que hablaba ahora con acento francés, al filo de contraer nupcias con un conde de la Francia que quién sabe dónde queda París o qué es París para quien no la conoce ni en mapas o para quien la deambule perdida en un desahucio inexplicable, porque Xavier rompió uno de sus largos silencios para confiarme que a Catalina lo que le partía después el alma y el centro de su conciencia es que la sirvientita de Cochabamba se fugó esa misma noche de la casona de la rue Lauriston sin que nadie sepa a la fecha si intentó huir de París en un tren, recorrer de regreso la travesía por mar hasta volver a Cochabamba o si se perdió en la neblina de la madrugada no tan fría en la que estaba a punto de amanecer la fecha en la que se celebraría la boda del siglo, la inmensa fiesta del *Tout París*, todos los autores y poetas, los políticos de postín y los empresarios, escultores de barro y piedra con pintores más allá del cubismo y los paisajes y los nuevos socios del Ogro de Cochabamba, la fastuosa corte de todas las damas de la altísima sociedad, los casi mil invitados a bailar sin interrupciones o pausas al ritmo de tres orquestas ya grabadas en acetatos, y las luces y las fotografías y los niños vestidos de marineritos y las niñas en bucles y encajes o el betún de los pasteles de varios pisos y miles de burbujas de champán helado y el aroma de todos los habanos que se entreveraban bajo las carpas de la fiesta feliz sin que nadie supiera o echara en falta la flaca figura de una sirvienta boliviana que cumplió con el encargo casi ritual, casi leyenda, casi increíble de informarle a Catalina que hubo una vez un minero que se enamoró de ella sin tener que oírla ni verla de cerca, perdido ya para siempre en el olvido con el que la novia llegaba al altar convencida de no tener que volver a pensar en eso y sellar así el silencio. El mismo con el que nadie sabe qué fue de la mensajera boliviana que se esfumó quién sabe a dónde y en qué portales de la noche de los tiempos, deambulando sin rumbo por las calles de París.

El olvido se puebla con recuerdos

El olvido se puebla con recuerdos, dijo Xavier cuando nos llegó el otro atardecer y juntos nos levantamos de la mesa en terraza sabiendo que nos esperaba otra cena. No vimos menús, y puedo jurar ante un tribunal que no recuerdo qué cenamos esa noche; Xavier, tampoco. No anoté en aquella primera libreta ningún platillo ni metáfora, ni más datos que unos números al azar que en realidad no sé por qué están allí enfilados, ni me acuerdo si quizá se me acabó la tinta de la pluma fuente (por cierto, idéntica a la que siete o diez años después me mandó Xavier de regalo por mi cumpleaños, habiéndole contado en un correo electrónico que la original se me había perdido en alguna de las giras donde contaba de viva voz la novela de su madre).

Es horrible. Es triste y hasta terrorífico. La página se vuelve sábana por donde veo la voz iracunda de Catalina en boca de su hijo y escucho la infinita soledad de una muchacha anónima que camina llorando por calles invisibles, y oigo la mirada enardecida y engreída de la belleza clonada con la Bestia que es su padre y el eco idéntico de consignas y sentencias autoritarias y Xavier parece imitar el tono agudo de los gritos y se le saltan las venas del cuello y en la pantalla de papel se proyectan los minutos que dura la escena absurda, la ventana medio abierta, el velo al vuelo... que no hay congruencia alguna con la imagen que venía inventándome Xavier de su madre... y yo solo y los posibles lectores de estas páginas y quizá por lo menos, se empezó a filtrar un sabor a desidia y quise desistir, decirle a Xavier en ese mismo párrafo que se me quitaban las ganas de viajar a París, que me temo que a la Doña Princesa le salga la bilis y me trate como esclavo en galeras y que no la puedo seguir imaginando en gritos ni con la misma saliva de ira con la que su padre trataba a los mineros y a sus hijos y a los supuestos amigos y a los socios... y quizá por esto que aquí confieso, me dio por narrar al paso de los años la misma escena suavizada con sutiles alusiones al desconcierto o a la sorpresa que sentiría la propia Catalina y parece que aprendí ese viejo truco de que la prosa disfraza la realidad o la cambia absolutamente de tono y volumen con tan sólo sustituir diálogos o editarlos y rellenar el vacío con recuerdos que en realidad no tienen nada que ver con la memoria fehaciente y creer que el vacío no era tal y que la Princesa sigue intacta porque nadie le mira el odio que consta que destiló la víspera de su boda y Xavier lo sabe y me mira sonriente.

—No creas que es tan fácil, *mon Georges*. La Catalina que acabas de ver en la voz que cloné no volvió a ser... jamás. Puedes verificarlo y confirmarlo por diversos testimonios y cuando hables con ella en París. Mi madre jamás volvió a insultar a nadie y mucho menos enfadarse o enojarse o hartarse por motivo alguno. Esa cara irascible que parecía espantarte proyectada sobre la mesa no volvió a mancillar su rostro y ha vivido todos estos años y todas estas vidas con el peso indescriptible del arrepentimiento... ¡Claro que sí! Por supuesto: por la muchacha... la hija de Elvira (que, por cierto, ya también falleció y es una lástima que no puedas entrevistarla cuando al fin vayas a Cochabamba).

Somos olvido que rellenamos con recuerdos que decidimos imitar o no, rostros que dejamos difuminar sobre la sábana del tiempo o caras que pasamos al vuelo, con la yema de los dedos en la pantallita de la memoria portátil. Somos olvido de todos los que hemos olvidado adrede con la intención de borrarlos y no somos del todo conscientes de que toda esa plebe vuelve en sueños y hablan en vacío y caminan en la nada de todas las madrugadas sin horario, porque ellos también son olvido u olvidados. Olvidados como en la pantalla de Buñuel y en las novelas tristes donde ya nadie lee los nombres de personajes aledaños o circunstanciales o comparsas o cadáveres, porque en el fondo somos todos olvido que se rellena a cuentagotas o en cascada con recuerdos que se van moldeando en diálogos cambiantes y conversaciones alteradas y ridículas situaciones cursis que se pueden poner en escena de diferentes maneras. *Mise en scène, cher Georges* que Catalina amaneció y ha amanecido siempre con la tarea de iluminar al mundo, aunque rasgue en el centro de su alma el doloroso recuerdo de la víspera, de todas las vísperas de cada uno de los amaneceres en que vuelve a brillar ligera sonrisa sin que nadie sospeche que hay un vacío callado a la mitad de su pecho... donde la vida misma ha de enseñarle a guardar los otros dolores o errores que le quedan por delante.

Repito: recuerdo cada renglón de lo que me explicaba Xavier y ni un solo sabor de lo que cenamos. Tengo ya memorizada la escena donde quién sabe cómo lograba proyectar sobre el mantel como sábana los ojos que se oían de rabia y la soledad palpable de la mensajerita perdida y el peso de las culpas y los secretos que de un plumazo parecen esfumarse en cuanto vuelve el amanecer.

Nos callamos ambos mientras limpiaban la mesa. Vasos vacíos y platos de nada, sin huellas de salsa alguna o migajón de pan comido y sal accidental o la mínima mancha sobre el mantel como pantalla blanca ya sin película proyectada, vaciándose la sala o patio de butacas y pardeando luces. Parecería que Xavier ya miraba hacia la terraza para encarar otra noche que nos navegaría en otra travesía ya sin horario alguno, y creo que ambos percibimos un ligero toque en el cristal, un telegráfico mensaje apenas audible que se fue resbalando sobre el vidrio de esa ventana corrediza que daba a la terraza, abierta a medias para honrar el volumen con el que se multiplicaban las gotas como lágrimas o saliva del más allá. Lloviendo en perfecto gerundio como para que Xavier se resignara a que por lo menos el siguiente capítulo sería deletreado en la misma mesa sin cambio de escenario ni una nueva puesta en escena.

Pedí prestado un bolígrafo y nos alistamos cada quien en sus manías y brebajes para navegar otra larga noche que se haría corta con la narración de una felicidad compartida. Un suerte de crónica conyugal donde los padres de Xavier no hacían más que florecer en hijos y calladas gratitudes, mientras el mundo se desplomaba en derredor, mientras se escribía ya no en tinta de periodista la dolorosa agonía de Francia y los días en que —como escribió el gran Eliseo Alberto— los vinos adquirieron sabor a pólvora y los viñedos se veían de lejos como parcelas donde se alineaban colgados de alambres de púas, los cuerpos deshilachados de la vid como fantasmas de los soldados muertos en trincheras.

La mecanización del horror, el oprobio de un desfile de cientos de cascos marchando a paso de ganso por la ancha avenida por donde entró en un ayer la otrora Princesa de un París convertido en svástica, de la Piaf cantando a escondidas en *cabarets* de mala muerte y de Miterrand clandestino a plena luz, de Yourcenar en busca de un marido famélico, y de bombas que parecían no tenerle el menor respeto a la ciudad de todas las ciudades, saqueados sus museos por la usura usurpadora y el vomitivo recuerdo de un amigo de los Dupont que alcanzó a ver de lejos al ridículo Führer el día que posó con la *Tour Eiffel* al fondo de su figura deleznable y París de pan escaso y el olor de los secretos y el brillo indescriptible de quien lleva en la mente un misterio que nadie ha de descubrir para alivio de la humanidad entera y el miedo de los puentes que sienten descalabrarse de pronto y el pavor de los palacios ante las balas y la vieja casona de la rue Lauriston abandonada con todo y muebles y un *château* en algún lugar de *Provence* vencido por la metralla y las bombas que se esfuman en un vacío que ha de ser rellenado ya solamente con recuerdos verbales y fotografías de palabras o nombres propios de toda una multitud de afectos que no sobrevivieron a las purgas y los fusilamientos, los muchos familiares y el sinfín de amistades que cayeron balaceados en las escaleras del metro o a las puertas de un archivo municipal, bajo la cúpula de iglesias y en plena rue de Rivoli. Muertos desde que se subían a vagones como deportados, los alambres de púas, las barricadas improvisadas, las motocicletas con *sidecar*, las bolsas de arena, los ceños fruncidos, la sucesión de los días y los años... la víspera de *Libération*, la estatura de DeGaulle, los soldados norteamericanos a ritmo de *boogy*, el tabaco rubio y los chocolates en barras, el tímido regreso de los colores entre ruinas, la salvación de las estatuas, la caída del Infierno, las mercancías enlatadas, la lenta recuperación contando las pérdidas de propiedades y el nuevo comienzo de Guillaume y Catalina ya con un hijo a punto de dar sus primeros pasos, con el que esperan en trío la llegada del siguiente hijo que me narra en la madrugada lluviosa de la Ciudad de México cuando nació el más pequeño de sus hermanos y que los vistieron a los tres para una ceremonia donde enterraban de lejos al abuelo Evaristo Equis, que había muerto fulminado por un infarto en las oficinas de sus minas en Cochabamba y luego, la agonía de María Luisa el mismo año en que murieron casi al unísono los Condes Dupont y las esquelas y los pésames y los humildes juguetes de tres hijos que se comparten con niños de otras casas y otros humos y Catalina se convierte en la luminosa energía del afecto para todo y todos y el hijo del Conde se vuelve un padre trabajador como todo hijo de vecino con tres hijos, y en París se van sumando las burbujas de quién sabe cuántos años nuevos hasta que Xavier de niño empieza a memorizar los nombres y los lugares, las historias y andanzas que hereda de sus padres para que pasen sin sentirse las horas de una madrugada más, décadas después y en la Ciudad de México, proyectadas sobre el mantel donde ninguno de los comensales ha de recordar qué cenaron o quién alargó la madrugada o en qué momento cesó la lluvia con la que se limpió la pantalla del mantel donde un sortilegio cinematográfico ha proyectado el paso de por lo menos dos décadas sobre los viejos adoquines de las calles de París.

Amantes

El alcoholismo es una forma de la locura que impide al enfermo sobrellevar la vida sin hacerla de pedo. El alcohólico es el que la *hace de pedo*, incluso cuando no bebe. Aunque mexicanísima, la expresión es universal; habrá que ver cómo se traduce en otras lenguas e incluso en otros acentos del idioma español, pero *hacerla de pedo* es efectivamente el aviso infalible de la demencia en potencia en el joven que finge su primera borrachera para llamar la atención de los demás o mendigar conmiseración de los desconocidos, y *hacerla de pedo* es también el necio afán de quien pone peros a todo y a todos, de quien lanza eso que llaman plegones de sarcasmo e ironía con sutil mala leche, y *hacerla de pedo* es precisamente lo que hace quién pudiendo seguir con la fiesta en paz o en silencio o eso que llaman normalidad, ha de romper el cristal de la convivencia con comentarios que no vienen a cuento, o peor aún, exabruptos absolutamente innecesarios e injustificados... y faltaban no sé si dos o tres horas para un nuevo amanecer, superada la lluvia que mojó la madrugada y a mí me dio por cuestionarle a Xavier la ingesta de sus whiskys o el regreso de sus *cognacs* con algo muy parecido a la envidia o el antojo o la llamada compulsión inevitable por suponer que todas estas horas acumuladas de literatura por ósmosis habrían sido mucho más jugosas y productivas de haberlo acompañado en tragos, contramaestre de la nave del olvido o polizón en la nao de los locos... y poco faltó para que perdiera la brújula, cuando Xavier parecía que nuevamente clonó la dulce voz de Catalina y con un entrañable párrafo de contención amorosa, de ese afecto que ha fincado ya tantos años nuestra amistad, ecualizó mi desvarío. Me dijo que no se había emborrachado ni buscaba embriagarse a contrapelo del evidente arranque irracional con el que el alcohólico parece olvidarse de la enfermedad y sus estragos. Su manera de narrar bebiendo o beber narrando no tenía nada que ver con la mentirosa compulsión que parecía engañarme con la imposible jugada de beber como si nada, sabiendo ambos que un solo trago de su *cognac* borraría toda la tinta de esta novela. Me dijo todo lo que sabía por su propia vida y por los muchos escenarios por donde floreció como madrépora la relación de sus padres en círculos concéntricos de todas las esferas sociales y —aunque no pretendo incluir aquí la sustancia o pulpa de su mayéutica tranquilizadora— sí diré que ese largo párrafo de paciencia y cordura sirvió de hilo conductor para vivir el nuevo amanecer que ya iluminaba al restaurante del hotel con una energía contagiosa y que, asimismo, su evangelio antietílico, o sus pastorales párrafos de pensamiento y sentido común, allanaron la mesa ya puesta para otro desayuno y abrir así el capítulo donde intentamos ambos definir como versos libres todas las posibles acepciones y apariciones —apariencias incluidas— de la palabra *amantes*.

Huevos revueltos para ambos, con salsa que llaman mexicana y una buena dotación de tortillas (de maíz y de harina) fueron la gasolina con la que empezó a carburar Xavier el recuerdo de que su padre aseguraba que un gran porcentaje de las parejas cercanas por familia o amistad eran funcionales o ejemplares por quién sabe qué tantos motivos y razones, pero no necesariamente amantes entre ellos... y pasó directamente y sin más preámbulo a soltar otra frase que merece escribirse con hielo:

—Suele suceder... sobre todo en parejas que parecen perfectas —abrió mi Xavi mientras movía una tortilla perfectamente enrollada como batuta vegetal— que de pronto e inesperadamente Él o Ella deciden convertirse en amantes, ya entre ellos o bien y por lo general con Otra u Otro, que parece abrir como portal un párrafo absolutamente inédito principalmente para el deseo, ¿me entiendes?

La primera señal fue el silencio que recibió Catalina al responder cinco o seis veces el teléfono de casa y sólo oír una muda respiración del otro lado de la línea. Luego vinieron las clásicas tardanzas y un breve repertorio de nuevos pretextos laborales con los que Guillaume improvisaba disculpar sus ausencias en una reunión del colegio de sus hijos, una comida con el círculo de lectura que dirigía la mejor amiga de Catalina o el viaje a la costa que se había organizado en familia que los obligó a turistear sin su elegante presencia *debonaire*.

El olvido se rellena con recuerdos, y Catalina conserva el cofre de latón donde guardó para morbo de celos frustrados un recadito escrito con bilé (cursi), un dibujito de ovejas que parecen suspirar corazoncitos (re-cursi) y una carta escrita en papel cebolla, con cuidadísima caligrafía de colegiala y alarmantes faltas de ortografía y sintaxis, que inexplicablemente olvidó Guillaume —en un evidente despiste— en el entrepaño superior del refrigerador. Es decir, una cartita fría y Catalina hizo acopio de energía, decidió no encarar a Guillaume ni hacer del asunto una crisis que fragmentara quién sabe qué tantas cuadrículas de esa vida idealizada, que ambos habían fortificado día con día desde la primera noche juntos. Sin confiarle a nadie (y a Xavier le había contado todo este capítulo hacía apenas dos o tres años) la Princesa de París, antigua Diosa de Cochabamba, madre de tres hijos enfilados en sus respectivos grados escolares, y ama y señora de lo que quedaba de un hogar que seguía manteniendo al menos el mote de clase alta, se propuso seguir siendo socialmente reconocida como generosa promotora del auxilio a los menos favorecidos, culta dama que se codeaba con intelectuales de respeto... esposa de quien se había negado a portar el título de Conde que heredó de sus padres, y ambos dinámicos habitantes de un París que dejaba los patrones caducos y se aventuraba en el revuelo de una nueva ola en cine y sociedad, en bares y costumbres, en calles y poderes.

La Catalina Dupont que tarareaba melodías casi psicodélicas cambió de vez en cuando el pelo al vuelo por un oleaje que terminaba en rizo de gatito y el Guillaume *debonaire*, que empezó a deslizar mocasines en ligeros tornillos del Twist, sin dejar de portar un blazer azul cruzado; la dama de botas hasta las rodillas que de noche calzaba pantuflas con peluche rosa de espuma en los empeines y el hijo del Conde con una pipa sin tabaco, leyendo el diario en las raras noches en que no se quedaba hasta altas horas al timón de sus empresas y los hijos que parecían volar asidos de un inmenso globo rojo que oscilaba por encima de París, por encima de todos los demás niños que pretendían desinflar su nao a pedradas. Entre la velocidad vertiginosa de la novela que ansiaba acelerar sobre el mantel, urgiendo sin decirle a Xavier, con una prisa que no venía a cuento, literalmente el cuento que conté a partir de ese encuentro queriendo contarlo como lo contaba Xavier y quizá por eso dejé pasar años desde esas jornadas interminables por añejar sin prisa, pero sin pausa, la narración que no merecía abreviarse en cuento o anécdota al vuelo, sino extenderse proyectada en palabras que se narran en voz alta para nutrirse o expandirse con todo lo que dicen los oyentes y así, poco a poco, llegar como balada lenta a la cocción de novela. Puras palabras y muchas de ellas en francés y otras muchas en inglés de toda la música que fue narrando décadas de desengaños y decepciones una vez que Guillaume y Catalina se sabían juntos, pero amantes cada uno de Otra y Otro, Otras y Otros... nombres aquí olvidados, anónimos, envueltos en sábanas al vuelo, amortajados en silencio donde uno intenta resucitar palabras que describan el misterio o las mentiras, los engaños y la simulación pacífica de la concordia callada.

Catalina se quedó callada y eligió reservar en ese hueco intangible que llevaba en medio del pecho, allí donde anidaba la culpa del único gran coraje de locura engreída que había arruinado la vida de una muchachita de Cochabamba, allí mismo sellaría el dolor y los celos, el coraje y los reclamos, las ganas de correr y huir de todo... a cambio de un afán que se le fue hinchando como cuerda inquebrantable del más íntimo deseo. A Catalina se le antojó o más bien, le nació el inesperado deseo de hacerse ella misma de un Amante con mayúsculas y en el enrevesado juego, no exento de morboso erotismo y arriesgada coquetería, le empezó a echar el ojo (y luego, *echar los perros* como dicen en México o *lanzar los tejos* como dicen en España) a estrellas de la pantalla grande, actores de fama, superhombres que ahora llaman metrosexuales, y soñaba con desvelarse en brazos de Jean Paul Belmondo o inventar un viaje a Mónaco con Cary Grant o ligarse en silencio y mantener un hermético calendario de cópula continua con Alain Delon, a celebrarse en un discretísimo hotelito del 16ème Arrondisment con una entrada secreta por el callejón aledaño a la calle de la puerta principal, y se soñaba convertida en delirio de Marcello Mastroianni; Catalina como alma gemela de Catherine Deneuve, ambas *Belle de Jour* en blanco y negro, martini seco, los niños siempre están bien. *Guillaume ni se imagina, nadie merece que le comparta el secreto, sigo siendo una reina imbatible* y sin saber exactamente cómo se dio el azar se vio de pronto atada a la mirada de un hombre increíble, leyenda en vida y *Gitanes sans filtre* pegado al labio inferior, las solapas de una gabardina subidas al cuello, luminosa inteligencia no exento de exótico misterio e indudable heroísmo... y durante la compartida digestión de otro desayuno inolvidable, Xavier insistió en confiarme el secreto, con el nombre absolutamente falso de quien decía era actor de fama mundial. Incluso, la media mañana brillaba incandescente cuando creo recordar para jamás olvidarlo que Xavier me aseguró que el Amante con mayúsculas de Catalina había obtenido la estatuilla del Óscar de la Academia Americana de Cine en Hollywood... sin precisar año ni título de la película.

Conforme pasaron los años desde aquellas primeras jornadas donde Xavier me compartía la novela de su madre, y en tanto se postergaba por no sé qué tantas razones mi viaje a Cochabamba o la oportunidad para conocer a Catalina, cada vez que entrábamos al capítulo de los Amantes de sus padres, mi amigo Xavier jamás mencionó los nombres de las dos o tres mujeres que se sorteaban los secretos de Guillaume (a sabiendas de Catalina), y mantenía el bulo de que Catalina se entregaba por lo menos una vez a la semana en la erótica aventura con un actor que no aparecía en ninguna de las indagaciones que intenté por internet. Lo único que logramos es que me soplara quién sabe cuántas películas en ese tránsito del blanco y negro al *technicolor*, imaginando la silueta de Catalina recortada sobre la inmensa pantalla de los cines monumentales de antaño... y ahora que llegamos a este intento por poner en tinta y como novela toda la historia que se me regaló durante el loco transcurso de dos o tres días sin dormir, puedo publicar sin engaño alguno que Catalina Equis se propuso y logró convertirse en Amante con mayúscula de Albert Camus.

Al revelar esta joya, ya enterados posibles lectores y yo mismo en pleno siglo XXI, ni Xavier Dupont podrá oponerse a la publicación de algo que en el fondo no es tan secreto, porque así como el olvido se rellena de recuerdos, las escenas o hechos de un pasado —ya no en manos de historiadores, sino en la libre imaginación de la ficción— permiten la probabilidad casi inapelable de todo lo posible e imposible, más allá del silencio acartonado de quien apuesta por lo improbable. Albert Camus tuvo varias amantes —lo cual ya no es novedad de ningún peso o importancia cuando salen a la luz pública correspondencias y fotografías, escritos y testimonios— que aumentan el hálito casi mítico del escritor argelino de Francia, el articulista con buril afilado, el inmenso novelista, Premio Nobel de Literatura que humilde y honestamente mostró auténtica gratitud al viejo maestro que le enseño a leer de niño en cuanto lo laurearon en Estocolmo, mucho más allá de los reflectores y luminarias del espectáculo cuasi teatral de la literatura en cuanto sus libros pasan a masticarse en multitud, entre mayorías que ni leen al autor al que adulan y sí, ahora que ha pasado ya tanto tiempo, no es atrevido suponer que Camus llevaba no una, sino dos cartas y una pequeña fotografía de Catalina de Cochabamba en el misterioso portafolio que quedó desgajado entre las ruinas del automóvil accidentado donde se mató el escritor, acompañado de su editor, Gaston Gallimard.

Se han cansado de inventarle conspiraciones al accidente donde se mató Albert Camus, y no pocos libros se explayan en teorías que involucran a la KGB de la Unión Soviética y a la CIA de los Estados Unidos de Norteamérica y a los argelinos que se sentían traicionados por el antiguo portero de futbol, y hay quien asegura que la máquina del vehículo estaba trucada o alterados los pernos de las llantas... y poner aquí en tinta que ese inmenso escritor tuvo una más que amorosa relación con Catalina Equis que volvía a brillar en todo su esplendor, así fuera en la penumbra de los anónimos refugios o las escondidas camas de su compartida pasión, no es ni atrevimiento injustificado ni combustible para insuflar la probable valía de esta novela.

Es un hecho novelable —aunque hay quien sólo lo pondere como inverificable— que Camus fue amante de Catalina, como lo fue de María Casares: al margen de qué dirán y del orden matrimonial y que, como cuento de Giovanni Papini, reprodujo en cartitas a Catalina frases que él mismo había recibido en cartitas de María Casares. *Nous nous sommes abandonnés l'un à l'autre*, o bien: *Nous avons réussi un amour brülant de cristal pur*, que la amante española transpiró en tinta para el gran escritor francés, al mismo tiempo hipnotizado en secreto con una princesa de Cochabamba casada con un aristócrata parisino. Es un hecho que había que contrastar con el propio recuerdo de Catalina, en cuanto pudiera visitarla en París, y abrir en su pecho ese íntimo refugio donde ella y sólo ella, decidió anidar los dolores más preciados de su alma y así se lo he confirmado a Xavier desde aquel desayuno en que no pocos comensales del restaurante, y uno que otro huésped del hotel, se extrañaron ante el envidiable antojo de Xavier por añadirle champán al jugo de naranja, mientras yo elegía un sano y más que sobrio licuado de fresas con plátano, para reírnos de la hermosa vida, intercambiar no pocas imaginaciones o imaginerías incluso atrevidas y sin mucha censura, donde veíamos en el vacío un ramo de recuerdos esencialmente inventados: Camus vestido de Conde de Montecristo, y Catalina envuelta en una sábana que se vuelve santa por su transpiración perfumada; los dos amándose en el ligero oleaje de una playa vacía o como la pareja de incógnitos en un pueblo de la campiña italiana, e incluso a Xavier ya se le iban los estribos inventando calientes conversaciones que no constan en grabación alguna o en transcripción posible, donde su propia madre intercambia con uno de los más grandes escritores de la lengua francesa un biombo verbal y salival de intenso calor erótico, y él mismo cayó en cuenta de que llegaba el momento de subir a su habitación, refrescar vestuario y energías, cortando de tajo lo que no tiene por qué ocupar más párrafos que los que aquí ya quedaron signados.

La belleza no envejece

Confieso que aproveché la pausa para volver a casa. Bañarme e informar a los afectos cercanos que seguía sobrio y racional, pues mi ausencia de las pasadas horas sumaba dos días sin señales, que bien podrían confundirse como una recaída en el peor de los infiernos. Dos amigos juraban haberme buscado en las cantinas que fueron antes costumbre y nadie entendía que me había embarcado en una conversación de dos días, esencialmente por el rarísimo placer de escuchar de viva voz una novela aún sin escribir y más aún, inédita, en boca de quien me proponía ponerla en tinta. Escuchar una novela entera, así pasen tres días de insomnio irremediable, como quien ahora deja un audiolibro libre en los audífonos de una sana anestesia que te permita un perfecto plan de evasión, flotar por encima de todo esto y volar directamente a los paisajes ya sin tiempo de un novelón en voz propia del autor o perderse en los recovecos de unos relatos que parece que narra el propio Jorge Luis Borges a través del espejo donde limpiaba yo el vapor después de alargar el baño bajo el chorro de agua calientísima, soñando a Catalina en brazos de otros, besándose con Camus en una vaporosa alucinación sueca, pensando que Cochabamba tiene que ser minuciosamente retratada en la posible novela y afeitarme con una parsimonia inesperada, mirándome la cara en el espejo como si fuese el rostro de un Conde engañado o sintiéndome Albert Camus.

Me tocaba recoger a mis hijos en su colegio y se quedarían conmigo las dos siguientes noches, por lo que había que proponerle a Xavier que los siguientes capítulos fueran compartidos en mi casa o en un parque donde mis hijos pudieran entretenerse, mientras yo inauguraba otra libreta y otro cartucho de tinta en la estilográfica que a la larga terminaría por reponerme el propio Xavier. No recuerdo si Xavier traicionó la adrenalina y logró dormir cuatro o cinco horas que suman el tiempo que tardé en volver a su hotel, ya acompañado por dos caballeritos andantes a quienes más o menos había adelantado la aventura que parecía hacerles ilusión: les dije, en el coche, al salir del Colegio, y tomar rumbo para el hotel, que comeríamos con un gran mago de Francia, dueño de muchos trucos y secretos que venía desde Cuba a narrarme una historia que sólo podría escribirse con mi tinta y con eso bastó —para sorpresa de Xavier— que la comida de los cuatro en la misma mesa del restaurante de su hotel, donde llevábamos dos años como dos días o dos décadas ennovelados, se recuerde de manera idéntica entre los cuatro testigos, a pesar de la notable diferencia de edades entre todos. Aunque mis hijos ya son hombres, ambos vivieron en mayor o menor grado de niños la larga comida que se alargó aún más con helados y sobremesa, donde Xavier Dupont narró como documental para infantes un recorrido por la historia y cultura de Francia desde 1960 (año en que se mató Camus con Gallimard) hasta el día mismo en que mis hijos hacían preguntas geniales y comentarios atinados, imprudentes y prudentes, callados gestos y miradas de asombro.

Consta que ese mismo año llevaría a mis hijos a París, aunque el azar no nos permitió conocer a Catalina que había viajado a Biarritz con quién sabe qué coral de amistades durante los días que estuvimos. Visitamos la tumba del Conde Dupont que yace en Montparnasse, muy cerca de donde reposan sus padres (y de paso, el dictador mexicano Porfirio Díaz), y en no pocos momentos del viaje mis hijos recordaban detalles precisos del mural de décadas que nos regaló Xavier en la única comida hasta ahora en la que hemos estado juntos, y caminamos por una avenida que desembocaba en *Les Deux Magots* y mis hijos recitaban de memoria *Peugeot, Renault, Citrôen* como cantaleta que les inculcó Xavier antes de extenderse en la maravillosa descripción del *Bugati Atlantic* que heredó en fotografía, de color azul purísima, y que detallaba verbalmente sin que mis hijos ni yo tuviésemos que buscar una imagen en los telefonitos.

Caminamos leyendo en las calles lo que recordábamos en voz de Xavier y *Moulin Rouge* u *Olympia*, *La Madeleine y rue Cuyás*, el nombre de *bouef* de la carne y el sabor que tiene la palabra *croissant*, el silencio de la boticaria cuando intenté decirle que a mis hijos les han salido aftas en *la bouche* y el cuartito del hotel y el diminuto baño donde parecía que yo quedaría atorado, porque mis hijos pensaban que era un baño diseñado expresamente para niños pequeños y la pornografía sin aviso que vieron por accidente o por azar en el televisor de la habitación, sin que el hotel pudiera explicarme por qué no había una suerte de candado televisivo para menores y el sabor del agua de los grifos y el vértigo de sobrevolar la cuadrícula perfecta de la ciudad desde la altura de la Torre Eiffel y el encanto intemporal de las estaciones de trenes y el ruido de las modernas máquinas y la fila interminable de todos los museos y el tamaño inesperadamente pequeño de la *Mona Lisa* y la camita de Marcel Proust en un museo de maravillas, y la increíble tiendita de los trenes a escala y el desfile interminable de los soldaditos de plomo y un carrusel en pleno *Champs Élysées* y un domo de oro puro y un barco donde toca un pianista mientras recorre el río Sena y la tienda de arte y pinceles y acuarelas y la reina Margot y la guillotina o el olor de la panadería envuelto en perfecto césped recién podado a la sombra de la tumba de Napoleón, donde vimos andar erguido a un anciano que llevaba una banderita pequeña de *Blue, Blanc et Rouge,* y la señora sentada en una banquita que nos pidió memorizar *Liberté, Egalité et Fraternité* sin considerar que a los tres lo único que nos interesaba era hallar un espacio de pasto digno para un simulacro de futbol con el diminuto balón que nos regalaron al comprar las camisetas oficiales de un equipo de primera, y la extraordinaria fotografía que les tomé a los niños tumbándome en el suelo, al filo de la glorieta por donde pasaban zumbando coches y cochecitos, motos y motonetas, para que en contrapicado profesional, digno de cinematografía León de Oro, Óscar de Hollywood y Festival de Cannes se les vea de abajo para arriba con el *Arc de Triomphe* al fondo, inmenso paquidermo por donde enfilamos sin lupa sobre la rue Lauriston, para ver el vacío donde quizá en algún ayer no tan remoto llegó a dormir la mujer más bella del mundo sin saber que el mundo hasta entonces habría de desmoronarse en un vacío a rellenarse con rencores y pequeñas enmiendas, sin olvidar que por estas sombras pasó llorando una muchacha perdida y un jardinero intrigado por haber presenciado la compra-venta de una mansión como si fuera barquillo de feria.

Aterricemos, le dije. El impacto de la palabra *amantes* aturde a otra generación y lo que importa para esta historia es una circunstancia que se ha vuelto común o ha perdido su gravedad o sólo sigue siendo contundente desgracia para algunas parejas, no todas. Lo que sucede es que a estas alturas, tanto desvelo y mucho café, Catalina venía perfecta y se resarcía —al menos en palabras— de su peor versión iracunda y violenta y Guillaume parecía intacto como las curvas de su Bugati y los ligeros pliegues de su pantalón de casimir, las pinzas de la elegancia y ahora, el sabor que merece mural sería lo que se narre en torno a que la vida sigue, que aquí no ha pasado nada aunque ya pasó todo, ¿no crees?, y Xavier con lucidez me respondió con un *¡Claro que sí, mon chèr!,* pero no es conversación para aburrir a tus hijos...

Sucedió entonces esa rara prestidigitación verbal que sólo algunos grandes conversadores logran cuajar en medio del vacío. Lo he notado sobre todo en sobremesas donde están presentes mis hijos: Xavier cambió diametralmente de escenario y nos embelesó con una narración que parecía tapete persa, con hilos de todos los colores entrelazados que forman largas tiras y hojas anchas que parecen curvas de uñas de bailarinas exóticas, y nos habló de misioneros jesuitas que se internaron en la selva y describió, como si pudiéramos verlo —mis hijos y yo— sobre el mantel como pantalla, para que jamás olvidáramos los nombres *Moxos* y *Chiquitos* de dos comunidades indígenas bolivianas que Xavier conoce de los archivos de los historiadores, y se alargaba su magia enredándonos en recorridos por corredores largos de madera oscura con estanterías que suben hasta el techo y una larga mesa al fondo donde se observan con diferentes lupas y cuentahilos los mapas del Paraíso y quién sabe en qué momento logró hacernos escuchar, sin que hubiese música alguna, los sonidos de una flauta de pan que nos enseñó a llamar *sikus,* y con su voz clonaba las cuerdas de un bajo improvisado, y sólo con palabras explicó el oficio de la guitarra, la combinación de sus cuerdas que se vuelven acordes y pasó entonces a narrar como pequeña noveleta la vida y obra de Doménico Zipoli, cuyas partituras sirvieron para que resucitara en medio de la selva boliviana eso que llamamos *barroco* y que a los tres comensales que tenía Xavier imantados a la mesa se nos quedaría en la memoria cómo hacer un Zipoli, sinónimo de música, con la flauta que se inventa ahuecando un tubo de cartón basura o una rama de bambú y cada vez que la guitarra parece esconder la melodía en florituras, como cuando lo barroco aflora en el habla de quien dice sin decir necesariamente lo que quiere decir, y Xavier se reía cuando parece que pensaba en *Cantinflas* para explicar la maravilla de todo el arte que florece por horror al vacío y para jugar sin herir a nadie, jugar las formas y el fondo queda como ripio y doble sentido y toda la juguetería alucinante de una cúpula barroca no hace más que clonar las estrellas que nos llenaban los ojos, derretidas como los restos de los helados sobre la mesa del restaurante... donde Xavier pidió un mojito y nos dejaba a los tres atónitos, mientras subía una vez más a su habitación y yo sorteaba por teléfono un relevo para relevarme en el cuidado de mis hijos, porque se respiraba en el aire un ánimo que prometía otro capítulo.

Las edades del tiempo

Pasaron por mis hijos, que alcanzaron a despedirse de Xavier con un afecto mezclado con entusiasmo, que de no tratarse de ellos no correspondería al poco tiempo real que tuvieron para conocerlo. Ahora caigo en cuenta que ya son décadas desde ese afortunado descubrimiento y Xavier no ha vuelto a ver a mis hijos, ya hombres. Al paso de los años se fueron sumando azares y persistía mi antojo (luego saciado y verificado) de que el amante de Catalina no podía ser un actor inencontrable y quizá por lo mismo, como si intuyera que las cavilaciones o elucubraciones podrán germinar en quien lea esta historia o quienes la han escuchado de viva voz, pero no deben estorbar el afán y empeño de que la narración sea lineal y se vaya como hilo de un tejido, como de las bolas de estambre que lanzaban al muelle los viajeros del Titanic y el hilo se iba desmadejando sobre la espuma de la estela hasta que el barco ya quedaba tan lejos que sólo languidecían, flotando, todas las rayas de colores que formaban los hilos de las despedidas.

—Esto es así, *Georges*. Mis hermanos y yo nos acabamos de enterar apenas de que Catalina fue amor de Camus, y te puedo asegurar que mi padre jamás lo sospechó. Efectivamente, una vez que Catalina ha reconocido *c'est mystère* hay detalles y recuerdos que lo delatan, y sus amigos —algunos— decidieron abrir sus secretos guardados y aun así, en realidad Catalina a contrapelo, tampoco supo nunca a ciencia cierta quién o quiénes fueron las otras mujeres de Guillaume, y creo seriamente que no le interesaba y que manejó con una perfección de relojería sus propias escapadas, sus encuentros a escondidas del mundo entero y luego, el doloroso duelo —personal y solitario— cuando leyó del accidente automovilístico en el que murió. Es eso de lo que intento hablar. Uno vive duelos callados y no puede llorarlos delante de nadie y la vida sigue, *mon Georges*, y así pasó toda la década psicodélica y los nuevos muebles y llegó el hombre a la Luna casi al mismo tiempo en que mis primos tuvieron el primer televisor a colores en los Estados Unidos y mis padres nos llevaron a dar la vuelta a Europa no una, sino tres veces... autocinema, *mon cher*... viajar con el parabrisas como pantalla. Teleféricos sobre montañas nevadas y senderos que se pierden en bosques de hojas ocres, amarillas, rojas y naranjas y uno va pasando de año o grado en el colegio y a mi hermano mayor de pronto le aparece la sombra del bigotillo y cada quien tiene sus discos y su música.

»Silencio, que pasan las vidas por delante y se extienden sobre el mantel, este mismo mantel con manchas del helado que se llevaron tus propios hijos en las sonrisas, y mira por aquí que esta mancha de mi vino es la misma gota que cuelga de una vieja botella en el olvido de la pareja que brindaba por la felicidad ajena, que dormía sueños diferentes y pasaba los días en la rutina inextinguible de siempre, intentando romper con todos los tedios para que no se aburran los hijos, para que no digan nada los amigos, para que nadie sepa lo que se queda guardado herméticamente en medio del pecho porque el tiempo no tiene edad. Quienes tenemos edades somos los habitantes del tiempo, pero ése o eso avanza por su lado y hay notables cambios que lo delatan cuando uno se fija en ciertas canas o colores de las cocinas o cocineras o las formas de los automóviles y la caducidad de tantas palabras y el cambio en los insultos y la repetición de las guerras o el ciclo interminable de los odios y tantas imágenes con las que he logrado hipnotizarte hasta aquí con una historia que queremos mis hermanos y yo que vuelvas en novela. Incluso, ella misma que conocerás en cuanto quieras... y ¿te das cuenta? No preguntas por Guillaume, no se te ha ocurrido investigar si mi padre vive aún y sí, claro que vive y viven juntos y viven como te lo vengo contando, un pliego de papel compartido donde cada quien es cada cual, con sus sillones en respectivas esquinas ante la misma pantalla de televisión o cada uno con un libro que jamás se comenta entre ellos o deja de leerse en silencio y conviven a la mesa como si sus hijos siguieran allí reunidos, con tareas escolares impostergables y planas interminables de verbos y conjunciones y sumas y restas que se multiplican luego, para dividirse.

»Verás que conforme narres el mural que te regalo casi nadie pregunta por Guillaume, porque la que vino al mundo para brillar en su centro es Catalina, y aunque ella no te lo sugiera, te mostará *sus* escenarios y *sus* rutas, *sus* lugares secretos y las ediciones dedicadas exclusivamente para Ella con mayúsculas. Te convencerás de que hay guías turísticos que te llevan al portón de un edificio cualquiera para narrarte en menos de cinco minutos un discreto párrafo tan íntimo y veraz que terminarás por llorar un poco cada vez que evoques el recuerdo de algo absolutamente intangible. Que de ese portón salió para siempre una familia judía que se volvió humo del tiempo o que en ese portal se dieron el último beso los enamorados que se despiden sin saber que uno de los dos habrá de perecer en un accidente aéreo.

»Mis padres viven un compartido silencio que anima un acompañamiento respetuoso de sus respectivas soledades. Mis padres navegan eso que llaman la *tercera edad* en un mundo que no termina por entender que el tiempo no tiene edad, sino acumulación infinita de palabras. Por eso escribes, ¿no es así? Aquí somos todos palabras desde el nombre de cada uno de nosotros y las sílabas que se unen para nombrar lugares y por ello, sugiero que titules *Cochabamba,* porque suena a tambor, a vocales de boca abierta, a paisaje verde que no conoces aún... que ya imaginas la casona de mis abuelos (*Bon...! C'est vrai: te mostré una fotografía*), pero el palacio te lo he inventado yo con decirlo;

mejor aún, te lo inventas cada vez que imaginas las habitaciones interminables y el ejército de sirvientes y las anchas ventanas y la altura de las cortinas.

»Pasaría lo mismo si viajaras con Catalina a *Provence*. Ver el vacío donde hubo un *château*, las costras medievales en piedra y la vegetación que ha crecido sin edades que la midan. Mira los álbumes de fotografías y confirma que la mayoría de los retratados son muertos y que muchos ya ni pueden ser nombrados porque pasaron al olvido, pero que Catalina despliegue ante tu mirada atónita un vestido largo y rojo sobre la cama y la verás en un engaño de tus propios ojos como la mujer que tampoco tiene edades, porque es la misma que te mira pícara cuando desvele quién sabe qué ocultas verdades de un literato o comparta el baúl de sus celos y se ría de las excusas infantiles de Guillaume, el sabor de los chocolates cuando han pasado años sin comerlos, y el aroma de los vinos que se descorcharon para comprobar que las cosechas olvidaban también los años bombardeados por el desfile de ridículos tiranos, y las cejas pobladas de mi abuelo Evaristo y su inocultable ignorancia incómoda cuando reía fingidamente y cómo bajaba los párpados mi abuela María Luisa, y verás un baile que no sabrás distinguir si es en el salón de un inmenso buque trasatlántico o en un local donde aseguran ha tocado en vivo Django Reinhardt, para que creas que levitas por el Boulevard Saint Michel en pos de una silueta que se vuelve lomo de libro o esquina de página que tienes que doblar como pinza perfecta de un casimir recién planchado para convertirlo en dos o tres triángulos superpuestos que se desdoblan y vuelven a doblar en avioncito ligero para flotar en espiral aquí mismo, *mon ami,* donde hemos de seguir hilando lo que quiero que vuelvas prosa.

»Se novela lo narrado, incluso cuando se callan los nombres y palabras. Se novela con palabras que vuelven palpable la piel de personas más que personajes; se novelan escenas que se fugaron en el vacío y tanto transeúnte que ha muerto para ya sólo vivir en verbo. Decirte que seas novela sería advertirte que tienes que convertirte tú mismo en la narración que ha de ser novela, a menos de que decides contar el cuento y narrarlo para siempre sin tinta; de ser así, se queda levitando sin mayor explicación, aunque ya no haya mayores alteraciones o cambios en la manera en que lo narres y entonces sí, es una sencilla obligación escribirla. Sé novela al escribirla, al pasar de lo hablado a lo que ha de leerse en silencio, sin más partitura que la imaginación a dos voces: la que deletrea cada palabra de cada página y la voz que completa todo al leer en voz alta o en silencio eso que ya quedó en párrafo y página. Vuelve la narración en quien lee lo que narraste, que luego escribes para que se lea y se guiñan los ojos de la niña de los encajes que ya ves mujer en un paso de párrafo y huelo la loción de mi padre y el olor a maple y las caras de mis hermanos cuando niños y no he puesto en tu pluma todas las cosas nefandas que podría compartir contigo de mi abuelo Evaristo o ciertos pliegues de un pedazo preciso de piedra en París que no sé por qué memoricé, porque estuve horas tumbado en un prado que se ha perdido en el tiempo, mirando una fila de hormigas, una filita de hormigas que reptaba por ese pliego de piedra como dibujitos diminutos de filitas que se sabían vistas o narradas o imaginadas por la memoria que no ha borrado su línea.

Los regresos

Cenamos una vez más, pero ya no hubo prolongación a la terraza. Esa noche terminé durmiendo con mis hijos en la improvisada casa que se reinventaba cada dos semanas en un hotel que jamás sería hogar. Me despedía de Xavier en su hotel sabiendo que me había pintado un alargadísimo biombo de muchas historias que deben sustentar una sola, la de Catalina andando con el pelo al vuelo en un paisaje perfecto. Quedamos en que yo le enviaría versiones y diversiones en cuanto fueran saliendo del teclado, y ese mismo día iniciamos un intercambio de correos electrónicos que mantenemos hasta el día de hoy, aunque no hay vergüenza ni mayor explicación para justificar que, en realidad, dejé pasar muchos años para sentarme a escribir la novela que me tenía ya prendado desde ese momento en que me despedía de Xavier en el hotel que habíamos ambos desvelado y trasnochado en el transcurso de tres días sin sueño, una degustación de gastronomía verbal, los hilos del humo subiendo hacia la ranura de las ventanas y el silencio de las mesas en cuanto se retiran los manteles.

Xavier se volvía a La Habana a la mañana siguiente. Lo vi caminar de espaldas por el *lobby* y me quedé sin saber qué pretexto habría esgrimido en su Embajada para regresar a México, exactamente cuatro meses después de haberse escapado de Cuba para ver una corrida de toros, y ahora, invertir setenta y dos horas de insomnio para hablar y hablar, *narrar* más bien, narrar una novela que parecía desdoblarse sola, como biombo que se expande y que luego se repliega sobre sus hojas, que si fuera papel, caminaría sobre el escritorio y se pasearía por las orillas de la mesa en espera de que la finísima punta de un lápiz bien afilado o el oro de estilográfica como buril le vayan grabando en tinta morada los caracteres que pasan todas las palabras que son saliva al color púrpura de la tinta, aunque es muy probable que —parado allí, al filo de la puerta del hotel donde se hospeda siempre Xavier— me convenciera a mí mismo que no podría escribir esta historia de tantas historias en tinta, no sin antes narrarla yo mismo con entonaciones variadas y alusiones confirmatorias de datos y escenas que logren distraer a los oyentes durante los minutos suficientes para que el hilo de la historia vuelva a inundar la imaginación. Esa noche dormí a mis hijos con la primera narración como cuento largo de esta novela que tendría muchas más líneas en el trazo de su arquitectura que las que bastaron para hacer volar hasta París los sueños de dos niños bien dormidos.

Yo dejé dormir esta historia y se fueron sumando edades al paso del tiempo. Conforme pasaba por meses y otros meses más, aparecían oportunidades para narrarla en público, pero en mi cabeza parecía existir como no más que un cuento que podría alargarse una vez que conociera a Catalina o visitara Cochabamba. Hubo años en que ahora veo una frecuencia intensa de correos con Xavier (y por lo menos, tres con su hermano el cineasta), y atesoro las fotografías que escaneó Xavier en alguno de sus esparcidos regresos a París, así como la mágica ocasión en que Catalina me dejó escuchar su voz y aún ahora siento un ligero escalofrío de haber hablado con ella y con la imagen de todas las vidas que ha vivido, incluso ahora que vive en estas páginas sin que precise añadirle retrato escaneado o fotografía digitalizada o reproducir el óleo que le pintó no sé qué artista famoso y que cuelga en el salón del inmenso apartamento de los Dupont en París.

De hecho, son décadas. Décadas de desidia y quizá también depresión. Es decir que las ganas de narrar lo mejor posible esta historia —cada vez que se prestaba la ocasión para ello— contrastaban con la negación, casi impedimento físico, por atacar el teclado como hago ahora e hilar con las yemas de los dedos el sujeto-verbo-predicado de cada frase que ha de ser coherente y que evite el aburrimiento para que todo lector mantenga viva la llama de una vida que en el fondo afecta a todas las demás, como sucede o debería suceder en cuanto se narra cualquier biografía sobre un mantel como lienzo inmaculado a poblarse con imágenes.

Toca ahora narrar que llegó el día en que Xavier entró a la oficina del embajador de Francia en Cuba, se acercó lo más que pudo, y con voz entrecortada, pidió licencia para viajar ese mismo día a París. Había muerto Guillaume Dupont, su padre y heredero de un condado invisible, habitante de quién sabe si tres o cuatro vidas bellas. Con todo, enamorado hasta el último aliento de Catalina Equis.

Xavier regresó a París para un entierro que reunió a presidentes de la *Rèpublique* y expresidentes de la misma, escritores de antaño y nuevos poetas, cantantes de la época en blanco y negro o no pocas actrices y actores de las pantallas de plata; empresarios de toda la Francia y toda la Europa y socios que llegaban de New York y extrañamente de Arkansas o Wyoming, y flotillas enteras de niños y niñas de los colegios que el difunto animaba y alimentaba con donaciones constantes, y dicen que también había un notable contingente de anticuarios y libreros de viejo, encuadernadores de secreta fama y el club entero de automovilistas de coches clásicos. Llegaron enviados elegantísimos de sastrerías de Fleet Street en Londres y familiares herederos de granjas Shetland en Escocia, y los principales accionistas de Möet Chandon, pero también un socio alemán de las barricas de Jack Daniel's en Tennessee, periodistas de todas las televisiones y periódicos, médicos de reconocido prestigio, psicólogos de toda tendencia... y sus tres cuñados ancianos que llegaron de Bolivia y asistieron al entierro con una elegancia que seguía en estricta imitación y admiración por el difunto, hilera de luto donde el único que lloró fue

Fernando el mayor, los tres callados a la sombra de Catalina, que irradiaba su luz incluso vestida de negro, aun tras el delicadísimo velo como ala de mosca que no lograba callar esa ligerísima sonrisa con la que parece siempre dar gracias a la vida, la vida de las muchas vidas que se le iba de las manos esa tarde en París tan parecida, una y la misma, donde aceptó bailar un vals como quien vuela, como hilo del tiempo con Guillaume Dupont, mucho antes de conocer a sus padres los condes, o viajar a un palacio medieval en medio de la nada para bendición de una anciana que ha tiempo también añade edades al tiempo, ahora que sus propios padres yacen en Cochabamba, quizá sin entender la callada dignidad y elegancia inmaculada de una mujer como árbol que sin palabra alguna recibe callada, uno por uno, los pésames que parecían formar una inmensa fila de vanidades y compromisos, verdades y complejos, como para pintarse como hilo amarillo desde la funeraria a las puertas de un espacio vacío en la rue Lauriston, pasando sobre los adoquines sobrevivientes de las calles ardientes de París, y cruzando de ida y vuelta los puentes como brazaletes del río Sena e inclinándose frente *Notre Dame,* aunque el hilo parece correr hacia *Champs Élyées* y recorrerlos muchas veces de ida y vuelta, como listón amarillo inmenso digno de envolver con luto al gigantesco paquidermo del arco de quién sabe qué tantos triunfos.

Cuenta Xavier que, antes de regresar a La Habana, permaneció en París con sus hermanos y sus tres tíos con el afán de encaminar otra nueva vida para Catalina. Como era de esperarse, Ella les tenía reservado uno de los mejores capítulos imaginables para una novela: los reunió a los siete o nueve días de haber fallecido Guillaume, en la sala coronada por el retrato al óleo que le había hecho no recuerdo qué pintor de fama, y en presencia de tres (no uno, sino tres) abogados, leyó Ella misma un no tan largo documento donde informaba que ese mismo día se ponían a la venta la mitad de las propiedades que dejó en herencia Dupont (quedando la otra mitad a repartirse entre los tres hijos). Vendía todo... incluso muebles, espejos y retratos... Catalina informaba —para asombro de sus propios hermanos y tremendo susto de sus propios hijos— que pretendía regresar a Bolivia, volver a Cochabamba y vivir allí los años finales de una vida que —según ella— había gozado de un privilegiado paréntesis parisino...

—¡... y parece que lo dices en verso! —dijo el más pequeño de sus hijos, funcionario en Suiza...

—¡¿Qué broma es ésta?! —no sé si dijo Pascal o Xavier... o los hermanos de Cochabamba, siendo uno de ellos el único habitante del inmenso inmueble que fuera el feudo de Don Evaristo. Y se escuchaban todas las voces masculinas ante la serena majestad silenciosa de una mujer que apenas cerraba los ojos cuando subía el volumen de los demás y que no desdibujaba una levísima sonrisa de imbatible serenidad, y así dejó que retumbara la tormenta como quien mira llover hasta que se hizo el silencio con el que Xavier alcanzó a colar antes de que se callasen todos: «Ya no hablas español, madre... ¿Piensas volver con acento y costumbres que ya nada tienen que ver con tu casa de la infancia... con el mundo, *Mère... Merde!*», para que Catalina empezara en voz muy bajita a decirles que tomaría clases de español si fuese necesario, y que pagaría siete o nueve horas de conversación a la semana, y que contrataría a una cocinera especialmente pedagógica para dominar la cocina boliviana y aprender de todas las frutas y de todos los colores de verduras que cambiarían para bien su paladar, y que aprovecharía cada día de una nueva vida para caminar por los caminos que le dejaba el recuerdo, o pasear en calesa los nuevos rumbos de esos rumbos, y los dejó a todos callados, incrédulos sus hijos, azorados los hermanos, herméticos los abogados con la decisión —sin objeción ni alteración posible—, de haber ya comprado el billete de avión de París a Buenos Aires. Sin fecha precisa para llegar por tierra, y quién sabe por qué medios a Cochabamba, como si anduviera de vuelta la ruta por donde salió de allá con sus padres... o como en más de una callada madrugada anhelaba tranquilizarse con la idea de que una muchacha anónima, víctima del racismo instantáneo de la ira y el clasismo siniestro que se le filtra en la saliva, quizá involuntariamente, a quien vive obnubilado por cualquier víspera, llorando con ganas de aprender a vivir la palabra *volver*.

Quien volvió también fue Xavier. Dos días después del anuncio histórico, voló a La Habana y me llamó al llegar a su casa en Vedado. Hablaba y hablaba, mezclando francés con español o cubanísimos axiomas que inundaban el auricular dejándome mudo. Ninguno de los dos podíamos creer el giro que le daba Catalina a su propia historia... y confieso que lo primero que me vino a la mente fue que yo no había podido aprovechar la confianza y la amistad para regresar yo mismo a París. ¡La protagonista se regresaba al primer párrafo en Cochabamba y mis hijos y yo nos quedábamos sin Francia! Por supuesto que no dije eso en voz alta, pero Xavier insistía en desahogar aquello de que ni habla español y ni se lleva bien con el único hermano que sigue ocupando la casona que no conocemos ni mis hermanos ni yo... ¡¡Ni tú!! Y ahora imagina que vende todo y una persona no deja de ser de París por alejarse de París y ella, particularmente Ella, no puede dejar de ser francesa ni en el desayuno ni cómo camina y no quiero seguir... No quiero caer en barbaridades y decir cosas de mierda... ¡Mierda! Que no es que hable mal de ella, que no se puede ni hay motivo... Empezaría a hablar de lo que fuese... hablar mal de Bolivia, que ni conozco... O por lo menos, pedirle que no visite la tumba del Ogro Evaristo, abuelo de mierda que sólo sé cosas malas de él y su temperamento de mierda... Y ya ves, ya estoy como estoy y quería decírtelo porque si sigues narrando la historia, tendrás que incluir la locura absolutamente inesperada de que tu protagonista decide al filo del último capítulo volver a su infancia para morir... Escucha esto: la mujer vuelve a ser niña para morir ya vieja donde nació. Es que no puedo más, *mon Georges*... Te llamo en los siguientes días.

Imagino que Xavier repetiría el mismo enloquecido parlamento ante su Embajador y las secretarias o los amigos de La Habana, y que estaría en constantes mensajes con sus hermanos; sobre todo con el que vivía en Suiza y quedaba encargado de despedir a su madre, cerrar con ella las puertas de casa, confirmar el depósito de todos los dineros en las respectivas cuentas, despedirse de los notarios y de los amigos cercanos, y mantener informados de quién sabe qué endiablada manera a su hermano el cineasta, filmando un documental al norte de la India y al distinguido Agregado Cultural Xavier Dupont que cruzaba de acera a acera, de bar en bar, entre daiquiris y mojitos, ron con hielo y nada de *vin rouge* ni champán, el alma de La Habana, como quien tararea ebrio *La Comparsa* de Lecuona y va formando una especie de taquigrafía sobre las calles húmedas, sin seguirle el aroma a cadera alguna, perdiendo en el trance un sombrero auténtico de Panamá de los que en realidad se fabrican en Ecuador, pero eso no es Bolivia y qué significa *jipijapa* y a mí qué me importa la pachamama y qué le pasa a Catalina, dime ¿qué le pasa a Catalina? Cuando unos trovadores creen que pide una canción y luego le quieren cobrar la serenata y se le amanece el alma y todas las confusiones posibles al hijo de quien podría haber sido conde, en un laberinto de arquitectura de salitre y paredes desconchadas y cacarizas en colores pastel y un habano grueso que se alcanza a ver relumbrar por el brillo de su fuego en medio de una inmensa cara gorda invisible como noche, maquillada con acentos chillones hasta que la brisa entra por la rendija de una ventana sin persianas posibles y se sucedan las noches en que ni dormido pueda desmadejar el incomprensible derrotero de una vida ajena.

No es difícil considerar que Xavier cuenta con una energía quizá heredada que le permite mantener la vertical en semanas que se alargan con alcohol y mucho café.

Que yo sepa, no precisa de pastillas ni de rayas para reencordarse a la mañana que sigue de una desvelada y que trasnochar para él sería, por los horarios de París, la única manera de estar presente, conforme se iba opacando la vida de Catalina en Francia, como si alargara la despedida de Guillaume y todo el biombo de las pasadas décadas se fuera esfumando hasta perderse en la estela de las turbinas del avión que habría de llevarla de vuelta a Buenos Aires, y luego, dormir a deshoras o no dormir hasta que su madre sincronice horarios de este lado del planeta y entonces será al revés, y serán sus hermanos los que tengan que enrevesar sus relojes para intentar seguirle las horas a Catalina a la deriva... Ron con poco hielo para saborear la mentira de que su madre pudo haber sido recluida en un asilo desde que cumplió setenta años, o ginebra directa sin hielo ni vodka para atreverse a suponer que una señora de más de ochenta años quizá tenga un secreto amante en Buenos Aires con el que pretende redefinir el *kama sutra*, pero eso es falso, por que estoy hablando de mi madre... que es mi madre *joder* y que dice *cojone* como si estuviera en España pero es por la cubanísima manera con la que lo entona la voz de Benny Moré al fondo, aliento de muerto que alimenta el mareo donde recreas unos pasitos de baile que daba el Conde Dupont para describir indudablemente la rumba que bailaba con Catalina que quiere un *guayoqué*, qué es un *guallo* o *galloqué* que se me está pasando la cruda, que me estoy pasando de copas *que la yuca se me está pasando* y que te llamo desde el Hotel Habana Libre, *mon Georges,* que fue el Habana Hilton... Aquí rondan intactos comandantes en la suite vestidos de verde olivo, barbudos de otra era, donde ahora consigo unos habanos de delirio, mi hermano, que no puedes creer que mamá vuela ya a Buenos Aires...

Toca ahora narrar que llegó otro día en que Xavier entró a la oficina del embajador de Francia en Cuba, se acercó lo más que pudo y nuevamente con voz entrecortada pidió licencia para viajar ese mismo día a Lima, Perú. Había conseguido un boleto, por azar, que permitía conectar con otro a La Paz y tenía la intención de alquilar un vehículo para enderezar con cierta prisa hasta llegar a conocer Cochabamba.

Semanas antes, el Embajador no sólo le había extendido sin pretextos ni problemas la licencia para el entierro del padre. De hecho, había conocido a Guillaume Dupont y su pésame se extendió a la notable paciencia que le tuvo a las andanzas y desandares de Xavier cuando volvió a Cuba en el martirio de una penitencia impostada, enredada la cabeza en quién sabe qué tantos misterios que no son cosita cualquiera ni pasto de novela, pero todo eso no impidió que el Embajador preguntara con evidente curiosidad el porqué de Cochabamba. Si hace unas semanas Xavier había enterrado a su padre en París, ¿para qué volar ahora... a Cochabamba?

El día que Catalina regresó a Cochabamba. No al día siguiente ni a los tres o cuatro días de haber llegado. El día que Catalina volvió a Cochabamba, le avisaron en su habitación que era buscada en la puerta y los segundos que tardó en caminar sin prisa hacia la entrada no bastan para alargar la tensión nerviosa con la que miró parado en la puerta a un hombre de casi dos metros de estatura, reluciente musculatura apenas revelada por una ajustada camisita que fue amarilla, los ojos de agua y la dentadura perfecta, alineada... y callada, quizá para dejar que fuera Ella quien soltara la primera frase...

—*¿Eres Tú?* —fue lo que escucharon ese hombre y una sirvienta metiche que se había apartado unos metros para no perderse la escena y en eso se acercaba a la entrada, que venía de la cocina, un nieto de Natanael que también queda como testigo emocionado de por vida, cuando se oyó:

—Vengo a hablarle, Niña... porque quiero que nos casemos...

—Tendré que avisar a mis hijos... yo soy viuda —empezó Catalina cuando Pedro García la interrumpió para ponerla al día:

—Tienes un hijo que hace películas de cine y otro que trabaja en un banco o algo así en Suiza, y tienes un hijo Embajador en La Habana, y aquí te queda uno de tus hermanos y los otros dos viven ya muy viejos en La Paz, y viviste en París todos estos años en la esquina del Arco de los Triunfos y su marido, Niña, falleció apenas y yo quiero casarme contigo con dos únicas condiciones...

Se le llenaban los ojos de mar, cuando Catalina dio el sí, agregándole: «Pide lo que quieras... dime cómo te llamas... dime que no importa que tenemos mucho tiempo para conocernos y que te cuente bien lo que parece que ya sabes y que me cuentes todo lo que yo no sé de ti... y dime cómo te llamas que tengo que hablarles a mis hijos... y...».

—Mira, Catalina: te pido que nos casemos por bienes separados, porque no quiero que nadie de la mina o del pueblo invente que me caso con la fortuna que le heredaste a tu padre y a tu marido... Y pido también que el cuarto donde pongamos la cama sea el mismo donde dormía tu padre...

Que nadie se aguante de aplaudir o por lo menos juntar las palmas. Deja el libro y quédate mirando al vacío que yo levanto la vista del teclado y no puedo creer que sea cierto lo que no sólo me narró Xavier, sino tiempo después la propia Catalina. Es absolutamente verídico y no pasto de novela, son testigos la sirvientita escondida y el nieto de Natanael, la propia Catalina de viva voz que lo cuenta siempre de igual manera, sin alteración alguna: un hombre monumental, el más alto de los hombres bellos que había visto —vestido o desvestido— en sus largas vidas, digno de ser portero de un equipo de futbol o Premio Nobel de Literatura, como personaje protagonista de esa escena donde se le veían los bíceps intactos y las piernas de piedra, y todo él, un roble con los brazos como ramas que se deshojan en cuanto abrazan por primera vez en los noventa y dos años de vida a la mujer de sus sueños, a la que nunca jamás había oído hablar.

Así que Xavier llegó treinta y seis horas después de la epifanía a la inmensa casona que había sido el palacio de sus abuelos en Cochabamba, y fue el primero de los tres hijos de Catalina en estrechar la inmensa mano morena de Pedro García, y conforme fueron llegando los dos ancianos tíos de La Paz y sus otros dos hermanos —desde Suiza y el enredado viaje de Bombay a Bolivia que se aventó el cineasta— se fue iluminando en el aire una presencia irrebatible, una energía encomiable, una sencillez apabullante de palabras llanas y de sentencias cortas con justificadas faltas de ortografía verbal inofensivas y de mapas absolutamente particulares imaginados desde una entrañable lejanía en la distancia de ese hombre llamado Pedro García, que miraba embelesado a Catalina mientras no hallaba cómo explicarle a hermanos e hijos que era nuevamente feliz... sin decirle a nadie lo que le contó una muchacha anónima de Cochabamba una lejana víspera, al filo de conquistar París.

Xavier se desvivía ya sin mareos etílicos ni conflicto moral en explicarle al Embajador en cuanto volvió de Bolivia —y a mí en tres o cinco llamadas telefónicas y el largo correo que conservo como guía para estos últimos párrafos— la ceremonia de una boda civil donde los testigos de la novia fueron tres hermanos ancianos y tres hijos de más que mediana edad peinando ya canas, y los del novio, una adorable cuadrilla de mineros jubilados, dos honrosamente analfabetas, todos orgullosamente satisfechos con homónimas biografías de trabajo en las minas de Cochabamba, todos calladamente, infinitamente superiores a todo engreído de cráneo ovoide que cree imponer su autoridad por vía del Mal.

Xavier reía al comentar que de los bocadillos sobraron casi todos los que llevaban *pathé,* y que fluyó la champaña como si estuvieran en un *dancing hall* en blanco y negro, a la espera de escuchar la voz de la Piaf que resonó en el viejo tocadiscos que inundó las paredes de la inmensa casona, antiguo palacio del rey de Cochabamba, que ese mismo día abollaba su corona siniestra con el maravilloso milagro de un roble que supo enamorar a la mujer más bella del mundo, intacta e incólume... y *dile a Catalina que se ponga un guayo... que la yuca se me está pasando,* y dile a Xavier que ponga toda la música que trajo de La Habana en su cabeza o que halló entre los discos del patriarca desaparecido y que bailen todos los miembros del servicio y que se tiendan los manteles largos de lino blanco para encargar comida que ahora, aquí y para siempre, se come lo que sea en lunes, miércoles y viernes y se come lo que ni te imaginas en martes y jueves y sábado, y hoy que parezca domingo para que no sobre nada y aunque arrastren las pantuflas, que bailen los hermanos ancianos y el cineasta agotado por el viaje que vino del otro lado del mundo, y que le toquen los brazos al viejo roble de hermosa cabellera blanca que merecería volar libre al aire sentado en un Bugati convertible que en ese mismo instante recorre a toda velocidad la vieja carretera de la vida misma y que se alargan las horas de una fiesta que ahora deben compartir absolutamente todos los lectores y quienes fueron oyentes, testigos de esta boda anunciada sin anunciarse conforme la narra de viva voz el hijo de Catalina ante el Embajador de Francia en Cuba, o al teléfono con el que intenta escribirlo, y que no se acabe la tinta para murmullo que va callando lentamente la música, al tiempo que se oye desde una ventana con persianas que un tres coquetea con seis cuerdas de revés, lentamente esfumando el *guajeo* (porque *tumbao* lo lleva el bajo) como la silueta de la sombra que se aleja por una calle estrecha... hacia la Luna, la esfera de siempre que ilumina el regreso. Todos los regresos.

El Retiro

La última vez que narré el cuento fue para agradecer una comida inolvidable en una terraza de Madrid. Hablo de terraza de azotea, no de las terrazas que quedan al pie de las calles, sino la que abría las ventanas de un piso desde donde se observa el paisaje de tejas ocres, rojas y rojizas del viejo Madrid, con el parque de El Retiro desplegado en primer plano; tapete verde de bienvenida o moqueta que pisa quien se aleja. Narré *Cochabamba* con tres comensales que magnificaban el relato con sus voces, que interrumpían (como sucedió cada vez que lo narraba) siendo una de ellos amiga recién llegada de Bolivia por pura agua de azar, mientras el otro sugería desde el principio que todo esto debería titularse *La mujer más bella del mundo* porque *Cochabamba* es muy vago e incierto y la narración no deja de girar en torno a Catalina. Como solía hacerlo, dejé que discutieran entre ellos y mientras el anfitrión llegó incluso a sugerir que fuera no más que *nouvelle* y que se titulara *Catalina*, la amiga recién llegada de Bolivia defendía el mapa y la Pachamama *forever*.

Conforme intenté hilar los párrafos de postre, la amiga nos fue jurando que conocía el cementerio donde enterraron al patriarca Evaristo (que aquí se queda ya para siempre con una Equis de apellido), aunque ella dice que conoce bien el verdadero apellido de quien fuera acérrimo rival de Atenor Patiño. A mi lado, tenía sentado a un amigo entrañable: Manolo, además editor que tiene alma mexicana siendo español, al revés de mi menda que soy mexicano aunque ya llevo muchos años soñando Madrid, tal como lo veo desde una terraza donde a lo lejos se ve el montículo de Telefónica y el enjambre de lo que fueron corralas allá por Lavapiés, donde podría nombrar Emperatriz a la Catalina que inundaba la mesa donde habíamos degustado las mejores costillitas de corderos lechales y un pequeño mosaico de embutidos de diferente color, además de rebanadas anchas de tomates que merecen ser ya considerados como fruta y no mera verdura.

Mientras narraba este cuento en voz alta sin saber que sería quizá la última vez que lo haría, pensé en llamarle a Xavier Dupont, que hace tiempo que no nos ponemos al día y luego, caminando de vuelta a casa, contarle que ahora sí me propongo ponerlo en tinta e intentar novela con la hermosa historia sin justificación alguna por veinte años de tardanzas, retrasos y pretextos. Literalmente, pre-textos, es decir, toda dilación que antecede al tortuoso silencio tan lleno de música y voces que inunda las madrugadas para poner en tinta una novela entera que se me narró de viva voz, casi en primera persona, y que yo había dejado pasar hasta hoy la oportunidad invaluable de abrazar a Catalina y escucharla narrarse a sí misma en París... quizá porque yo quería escribir como novela un son... una sonata sin letra... novela de música que cada quien añada como *soundtrack*, así como hizo el anónimo responsable de subir películas de hace cien años a la internet, acompañando las escenas coloreadas con canciones anacrónicas... novela que respete que fue narrada de varias maneras en varias funciones, porque esperaba encontrar la fórmula para compartir —ya con notas al pie de página o pantallas de hipertexto que podrían desplegarse por encima de la mancha tipográfica—, donde todos y cada uno de los lectores presenciaran la experiencia de una novela en voz alta que se nutre con los comentarios que le vienen de frente, como un pianista que no se ofende en pleno recital si se escucha un asombro incontenible, un suspiro de ilusión en determinada nota, y porque yo quería que la novela adquiriera peso o volumen con la compartida conciencia de que sus párrafos llevan voces que cobran vida si se leen de verdad, o vidas que recuperan su voz aunque sus biografías indiquen que murieron hace tiempo.

Eso es. Un atrevimiento, y al mismo tiempo, una infinita estupidez. Yo quería escribir una novela para Catalina que fuera en palabras el adagio del Concierto para Piano número 3 de Ludwig van Beethoven, ¡hágame Usted el favor! Es para reír... es para llorar... es que no sé ni por qué confieso aquí lo que en el fondo es inconfesable. Parece pretensión, pero puedo jurar ante un *Quijote* que el propósito no es más que callado e íntimo: intentar estar a la altura de una historia inmensa como quien se enamora de una mujer de lejos, sin haberla visto jamás de cerca o como quien se eleva bailando en una interminable espiral que no marea por fijar la vista en los ojos indescriptibles que unos juran que eran de almendra y otros de miel, o azules o esmeraldas o notas sin partitura sobre un teclado que produce ondulaciones que van de la desolación a la euforia, que mantienen en vilo al lector que escucha las palabras por sílabas. Las yemas de los dedos de la mano derecha escalando un verso que parece crecer en Sol, mientras la mano izquierda acaricia o enfatiza las teclas que parecen enojarse en Fa menor y la armonía se funde sobre la espalda del piano y sale volando por la tapa abierta a medias como ventana sin persianas en medio del más grande de los silencios, para que el atrevimiento de escribirlo no sea engreído ni pedante, sino adagio delicado y sutil, que sube y baja como cada uno de los capítulos de lo que ha de narrarse con pausas e interrupciones, elevando las expectativas hasta de los propios personajes, como si no supieran el destino que les aguarda la sonata que habitan.

Habrá párrafos más o menos largos donde quizá no alcance la respiración para leerlos con prisa y la mente pide comas o puntos supensivos y habrá quien lea sin prisa la prosa que yo también intenté ralentizar como supongo que tienen que hacer los cineastas o videoastas con las películas de antaño, para que los fantasmas del pretérito no caminen con prisas en cada escena. Levantaba la punta de la pluma fuente del papel para no dejarme acelerar con adrenalina de las ansias y así también, hubo ocasiones en que parecía quedarme a la mitad de una frase que me robaba el aliento, mientras veía las caras de quienes me escuchaban o los párpados cerrados de quienes con sólo oír el nombre de una calle imaginaban París sin conocerlo, y también se leen aquí frases cortas o cortantes donde surgía un interlocutor en medio de un círculo de lectura que reclama un cambio inmediato en lo que creía que era ya el desenlace, o las colegialas al fondo de un aula poblada —durante una lectura que hice en su secundaria pública—, que pedían a coro que todo termine con la boda en Cochabamba.

Quisiera sacarle sonido a la página y lograr de alguna rara manera, como de multimedia o *Libertango* de Astor Piazzola, una tensión donde el silencio vaya reptando contra toda cursilería y que los hados de la prosa me concedan intentar narrar el estrecho trayecto que conduce a un final. Lograr sin lugar a duda posible el conmovido convencimiento de todos y cada uno de nosotros de que lo narrado no sólo es verídico y fehaciente, sino al mismo tiempo inverosímil e increíble y no del todo inverificable.

Hace tiempo que los escribidores estamos expuestos a la secreta verificación de todos nuestros cuentos y así, una sobremesa en un café de Madrid donde una señora —fingiendo enviar un mensaje por WhatsApp— buscaba en su pantalla datos que corroboraran lo que yo intentaba contar como anécdota pura, sazonada inevitablemente con ficción. Por eso no me pidieron una biografía ni la crónica de una empresa minera en Bolivia: me regalaron una historia maravillosa que narré durante muchos años como cuento, aunque desde el principio y al final de su final, se confirma como novela. No más. Nada más... Salvo que falta repetir de manera casi idéntica un párrafo que ya abonó estas páginas en dos ocasiones anteriores, y volver a deletrear lentamente que...

... Toca ahora narrar que llegó el día en que Xavier entró a la oficina del embajador de Francia en Cuba, se acercó lo más que pudo y con voz entrecortada pidió licencia para viajar de regreso a Bolivia. Calor de sudores, el mismo Sol de siempre que se filtra entre finísimas persianas de madera y un silencio apenas rozado con el zumbido del ventilador que gira sobre la cabeza del Embajador que decide no preguntar nada y callarse su curiosidad.

No había transcurrido una semana entera desde la celebración de lo que bien podría llamarse la otra Boda del Siglo, aunque correspondiera al enrevesado matrimonio de una pareja radicalmente diferente a la que se unió en la otra Boda de Otro Siglo y los testigos (dos mucamas y el nieto de Natanael en su heredado oficio de mayordomo) declararon ante el juzgado de instrucción que se había instalado en la vieja casona Equis una nueva tranquilidad, libre de menús inalterables y que Doña Catalina había abierto persianas que llevaban décadas cerradas a cal y canto, que se habían iniciado trabajos de rehabilitación de los jardines y se sembraron buganvilias moradas en un muro que ella misma mandó encalar.

Informaron que el hermano no tan anciano de la Señora había viajado a La Paz con sus otros dos hermanos (esos sí, francamente ancianos) y que luego Doña Catalina y Don Pedro habían tomado un desayuno frugal, pero tardío (ya que se habían roto los horarios que llegó a imponer en su día el señor al que siguen llamando el Patrón). Según consta en el acta, la pareja subió al último piso de la mansión y salieron a lo que siempre se ha conocido como *la terraza*, acomodándose Don Pedro en una hamaca, mientras la señora deambulaba por la orilla del barandal, callada y absorta ante el paisaje monumental de Cochabamba.

—¿A que nunca has tomado un té helado, mi amor? —dijo Catalina para romper el silencio, y a continuación movilizó a las muchachas para que llenaran el samovar de plata ruso y le narró a Don Pedro que *no es más que una elegante tetera*, aunque lo que la calienta se conoce como *infiernillo*... ¡ahora que estamos en el Paraíso!

—Jamás me había tumbado en una hamaca como ésta, mi Niña —dijo Pedro meciéndose con la pierna derecha que dejó fuera de la red como haciendo Tierra—, y llevas razón, porque nunca he tomado té helado ni frío con hielos ni nada que se le parezca.

Consta en actas que trajeron las hierbas para la infusión y Natanael encendió el infiernillo, y estaba a punto de hervir el agua, cuando Catalina embelesada con el infinito manto verde de los cerros y montañas, prácticamente envuelta en las inmensas nubes que bajaban de un cielo tan purísima como un traje de luces y volteando hacia la hamaca, pronunció nerviosa...

—¿Sabes, Pedro? De mi padre no se podrán decir cosas buenas, y en el fondo, me sacó de aquí porque pensaba regalarme un mejor paisaje de vida... pero negando sin perdón posible que desde aquí se mira el paisaje más bello del mundo...

—No diga eso, Niña... —dijo Pedro adormilado en una oscilación pausada de hamaca—. El paisaje más bello del mundo SIEMPRE ha estado en tus ojos... —y murió.

Según el acta, Pedro García murió de un infarto fulminante, y según el testimonio de una de las mucamas, como la hamaca no cesó de columpiarse pasaron unos segundos para que Catalina, el nieto de Natanael y las muchachas cayeran en cuenta de que el inmenso árbol hecho hombre había fallecido sin probar el té que, al acercárselo sobre una mesita, no motivó reacción alguna informando en silencio que acababa de irse de este mundo.

El retiro... se retira un alma... que nadie retire lo dicho... que nadie se retire hasta que digiera —como pueda— la llamada desde La Habana de un hombre que llora la muerte de un padrastro fugaz, el más efímero de las figuras paternas que pudo tener en vida Xavier, que no paraba de llorar por el auricular —y en el largo correo electrónico donde insistía en que yo tenía que escribir todo esto, tarde o temprano—, porque no puede ser, *mon Georges*, que una historia como la de Catalina no merece amnesia, ¿comprendes? No olvidemos a mi padre y mis abuelos y toda París... pero no olvidemos a Pedro, ¡carajo! que se fue hablándole... que sólo habló de Amor con mayúscula incluso cuando estaba callado, callado toda la vida, enamorado siempre de una mujer a la que sólo había visto de lejos, como se contempla un paisaje, *¡cojone!...* que se enamoró de mamá sin haberla escuchado... que no sabía cómo era su voz hasta que la escuchó a sus noventa y dos años que sirvieron para abrazarme a mí y a mis hermanos y a los hermanos de mi madre en la sutil venganza de un triunfo emocional... místico, *Georges*... escribe... escribe todo esto... Te llamo más tarde.

Lo que llegó más tarde fue el largo correo electrónico que me ayuda a rematar esta novela donde Xavier narra su viaje de La Habana a Bogotá, las horas de espera en el aeropuerto de El Dorado leyendo una novela de tapas amarillas, tomando café para multiplicar los nervios, porque su madre le llamó a Cuba por teléfono y muy alterada, pero sin decirle claramente lo sucedido. Así también a sus hermanos en Suiza y la India, sin importar que los tres acababan de estar en la boda en Cochabamba, apelando con urgencia a que volvieran por un asunto gravísimo... una tragedia que no les confiaba por teléfono. Conociéndola, sus hijos sabían que ningún otro habitante de la casona de Cochabamba podría decirles de qué se trataba y conociéndola, los tres dejaron todo tal como estaba y se apresuraron para volver cuanto antes y volar como fuera... volar volando y volver cuanto antes a Cochabamba... *¡Ay, mi socio!, como se dice en La Habana... Para que sepa: uno de las miedos más grande de mi vida fue aterrizar en Cochabamba, donde la pista está escondida detrás de la montaña...*

y la curva está de madre... aterrizar para ver a ma Mère, y yo vomitando como uno de los enanitos tuertos y jorobados de Jerónimo Bosch... y sobrevivir a ese aterrizaje para descubrir en el transcurso de no más de treinta y seis horas que los tres hermanos asistirían al entierro de Pedro García, minero y marido de Catalina, sin que imaginara ninguno de los tres que todos transpirarían ese día y los siguientes... una tristeza inmensa.

En el correo, Xavier escribe del *peso de la pesadumbre*. De la pérdida profunda sin tener que haber abonado años o anécdotas infinitas para sentirse *vraiment* cercanos a Pedro, sin saber en el fondo no más que la fuerza de su saludo, la sonrisa limpia de su dentadura perfecta y la impresión visual de sus piernas de piedra, los brazos de roble, el tronco de ébano, el cuello como para soportar el peso de todo el mundo o todos los años o todo el oprobioso escarnio del mundo injusto, y lloraban con la cuadrilla de mineros jubilados que formaban un discreto muro de callada solemnidad, y lloraban los tres tíos ancianos de Bolivia, y lloraba el mundo entero alrededor de Catalina que volvía a vestir de luto sin poder ocultar la hermosa sonrisa de la serenidad incólume y la entereza tras el velo color ala de mosca y caminaban de vuelta a la inmensa casona ahora tan llena de luz, cuando de lejos las faldas de los cerros y montañas parecían teñirse de morado sin dejar de encarnar todos los verdes que lentamente caían en las sombras ya no de las nubes, sino de la enésima noche que habría de oscurecerlo todo.

Adagio de sonata y son montuno. Un bolero de Armando Manzanero prácticamente desconocido, quizá el que menos se escuche de su larga discografía o los tres requintos cada uno individual estilo de los tres profetas que cerraban con *The End* la psicodélica década con redoble a todo volumen de Ringo, y de vuelta el Adagio de la Sonata número 3 que desemboca a dos voces con *Dile a Catalina que se compre un guayo / que la yuca se me está pasando* en cuanto volví a ver a Xavier, que venía a México para contarme de viva voz lo que ya me había narrado por teléfono y por escrito, pero quería contarlo en El Tenampa, en la Plaza de Garibaldi para ponerle mariachis de fondo a la filmación inexistente, donde se le ve empinando unos pinches ponches de granadina con aguardiente y luego, siete cruzaditos de tequila en cuanto llegó Philippe a Garibaldi, para navegar los tres la madrugada donde terminamos de vuelta en el hotel donde siempre se hospeda Xavier para festejar el azar invaluable... Celebrar, por ejemplo, que Xavier ya investigó y resulta que el son dice que hay que decirle a Catalina que se compre un guayo que es un rallador, porque la yuca se está pasando sobre un infiernillo y hay que rebanarla para llevarla al plato o celebrar el golpe de dados que *jamais de la vie* abolirá el azar en cuanto Philippe decide presentarme con Xavier Dupont para asistir a una corrida de toros que termina dando vueltas y vueltas en la cabeza de dos magos emborrachados, mientras el único sobrio... se marea solito.

Deshoja el tiempo

Imagino que no es del todo buena metáfora afirmar que al leer se deshojan los libros. Quizá sea mejor imaginar a un mimo en medio de un bosque; en un claro, rodeado de inmensos árboles de tronco ancho y cortezas rugosas, Marcel Marceau apisonó con una pala la tierra iluminada por unos rayos inclinados del Sol y ejecuta el número sinfónico donde las plantas de sus pies simulan nadar contra corriente en perfecto silencio. Lo que vemos es al mimo que intenta caminar de frente a un ventarrón que parece echarlo de espaldas, sus pies fingen moverse levitando sobre la tierra y todo su cuerpo parece rebotar ante un muro invisible de aire que lo mantiene inmóvil, caminando sin andar, mientras todas las ramas de todos los árboles mantienen intactas sus hojas... Marcel saca de la nada un libro.

Absurda necesidad de leer en medio del trance huracanado. Vemos cómo batalla Marceau para abrir la cubierta, luego de leer la portada imaginada, y conforme lee trabajosamente, escudando su lectura del viento impalpable que le golpea de frente, va tirando al vuelo cada página... cada párrafo leído con un silbido inaudible de viento inexistente y al terminar, girar para mirarnos directamente a los ojos, atónitos ante el hombre de cara blanca, camisa de rayas anchas, zapatillas de bailarín... erguido en medio de un montículo de invisibles papeles sueltos que conforman la escena para la metáfora perfecta.

Uno memoriza narraciones de sobremesa o cuentos a contar en coro sin contarle las páginas que han de caer en ramas cuando todo esto se ponga en tinta. Hay quien calcula milimétricamente lo que dura un cuento de siete cuartillas y habrá quien pueda telegrafiar sobre un papel pautado las exactas notas que han de durar lo que dura un suspiro, a contrapelo de quien narra en una hora y media el sueño que sólo duró siete minutos dormido. Alargar el ensueño, aumentando sus aristas y detalles acerca al alma a ese peligro imperdonable de arruinar los nudos de la trama o aguar el perfil de un personaje. Así también pasar a novela lo que llevaba años narrando en voz alta puede descalabrar el relato mismo.

Quien fija un mínimo de minutos para la narración de un cuento mancilla la magia para soñarlo; de noche, los niños no saben en qué momento, párrafo o palabra quedan ya envueltos en vuelo al País de Nunca Jamás y los adultos en el tren de noche olvidan la página precisa en la que se quedaron dormidos, levitando hacia el paisaje que pasa a oscuras por la ventanilla. Quien fija el número exacto para deslindar un cuento largo de novela corta, o cribar páginas de prosa para la medida exacta de un volumen aún inexistente, hace en realidad contabilidad de costos sin acentos, inversiones en pulpa de papel y rendimiento de regalías, pero mancilla o atropella el imposible innegable de que uno nunca sabe a ciencia cierta cuántas páginas tiene una novela, aunque se narre en unos minutos o trece horas de grabación digitalizada... porque sólo los lectores en papel saben que se acercan a un final por la angostura de las páginas que palpan con el pulgar derecho (inversamente proporcional a la anchura que se va abriendo en la mano izquierda con lo leído) y para los modernos lectores en pantalla, hay numeritos que van sumando los pasos dados, los párrafos leídos y las páginas por venir... pero eso no pasa por la lente del autor que intenta extender como paisaje de un paraje desconocido las páginas que han de partir de la palabra *Cochabamba* hasta recorrer el mundo entero en vueltas y mareas que parecen andar con viento en contra, cada palabra enfrentando aire de respiración ajena, que parece tumbarnos de espalda, mientras cada página se va deshojando como un otoño callado en la voz lectora de quien escribe cada sílaba, hasta terminar erguido en medio de un montón de papeles sueltos.

Xavier parecía llevar contabilizadas las hojas escaneadas de pasaportes y actas de nacimiento, los títulos de propiedades varias y los recortes de periódicos ya amarillos que narraban la hojarasca que sustenta el hilo de una historia que gira en torno a Catalina. Cada fotografía de Guillaume Dupont y Catalina Equis, sus tres hijos y los tres hermanos de ella, los padres de ambos y los abuelos en sepia, no más que papeles revelados en acabado mate o brillante para que los dedos intenten acercar cada imagen con las yemas de los dedos, como hace el niño con la pantalla donde ya sabe que puede acercar a o alejar de su mirada cualquier punto del mundo entero con sólo apretar sobre la superficie de los mapas las puntas de sus dedos.

Una diminuta gota de pintura blanca parece llorar desde la punta de un finísimo pincel. Es la luz pequeñita que da vida creíble al ojo que nos mira al óleo. El retrato de Catalina, inmenso sobre una pared lejana, donde se recorta su figura de perfil, cabellera al ligero vuelo de respiración invisible, y el contorno de un continente inasible. Ambas órbitas pintadas de sus pupilas perfectas parecen aguarse por obra de esa minúscula lucecita de pintura blanca, al filo del lagrimal. Parece mirar al vacío, contando por sílabas cada una de las páginas donde se sabe ya escrita desde antes de que se lo confirmen en papel: es Ella quien se lee en los muros encalados de una vieja pared, cubierta de flores moradas y es la misma niña que se sabe narrada por ella misma en el mareo de un barco que cruza la noche estrellada por las olas del ombligo del mundo. Se sabe imaginada por un hombre que vuela en un coche de curvas eróticas a las afueras de París, sobre un camino estrecho donde hacen pasillo cipreses en un inamovible desfile militar. Él tararea una muda melodía que sigue el compás del kilometraje como quien mide cada una de las páginas que va leyendo alguien al otro lado del mundo, sobre las olas de insomnio. Ella se mira en la nube que navega fielmente a su lado, en la ladera de un cerro morado de atardecer, mientras El Otro intenta respirar en la profunda oscuridad de una mina cerrada.

Revisa las grabaciones donde se escuchan dos y tres versiones de un cuento que aquí se alarga en novela y contrasta en mapas minuciosos las calles de cada una de las ciudades que se recorren con sólo evocarlas, para que al escribirlas adquieran su particular sabor y ritmo. Nada más... nada menos: cuenta en pasos las palabras con las que la prosa calla para siempre la narración de la nada, para que cada vez que se lea en voz alta todo esto sea una y otra narrativa absolutamente condensada de cada ocasión en que se logró materializar en la imaginación del que escribe —del que oye y del que lea— la cara de Catalina, los rieles de una ruta de trenes, la piel de una anciana entrañable y el eco de los sabores que cambian con cada paisaje. Escribe como quien arrastra las zapatillas sobre el finísimo albero de cada página para que el que te escuche —la que te lee y tú mismo al escribir— vean la mirada que nadie pinta en lienzo, la mano de marfil de una anciana en silencio, los ojos de los niños que sirvieron de adorno en una boda maravillosa.

Deja pendiente todas las palabras ajenas a este viaje y que toda narración que no cruce por la historia de Catalina parezca abonar su biografía inconclusa, sus muchas vidas, pero en silencio y de lejos. Que no se te encargó una crónica detallada de nada, ni una biografía certificada con todos los papeles que se han fotocopiado y escaneado para una posible verificación vehicular, sino una novela. Se te regaló una novela. No más que eso: ni cuento ni charla de sobremesa, sino novela por los nudos y ramificaciones, por el aire que tumba a los mimos en medio de los bosques y vuelan las hojas que se vuelven alfombra en medio del silencio. Novela que navega por obra y gracia del hilo de las palabras; que, si escribes aquí mismo la palabra *mariposa*, puede cobrar alas y volar para distracción de todo lector, y si dices que un hombre intenta repetir un baile hipnótico en su recuerdo, todo lector imagine la música que lo acompaña en cada giro.

Escribe los gestos y los diálogos que no se grabaron en cinta magnetofónica para que puedan escucharse en el silencio de las páginas, y escribe las caras sin necesidad de recurrir a la impresión digital de sus fotografías, para que así cobren vida en la imagen y semejanza que cada lector ha de conferirle a quienes dejan de serle desconocidos, en cuanto deletrea sus nombres y edades. Escribe las fechas para quien va sumando las páginas reglamentarias de una novela y así calcular la veracidad de las edades, la huella contable del tiempo y el mínimo de extensión requerida para que una novela deje de ser cuento y se tome en cuenta para ser leída en voz de la propia Catalina y los hijos que la encargan en tinta morada del autor que intenta contarla en voz alta, aunque se resigne a dejarla escrita ya para siempre y sin cuentas.

Basta verla caminar en papel para imaginar el sonido inaudible de sus pasos sobre la tierra, en la ladera de un cerro verde, o sobre el pavimento de la ciudad más bella del mundo donde sólo se le escucha en sílabas, callados los camiones y los taxis, los gritos de periódicos volantes y vendedores ambulantes. Deja que Catalina camine en el silencio de cada página, de la mano del hombre con el que decide complicidades variables y sueña en sílabas la coquetería de las costureras y la soledad de un obrero teñido, carbonizado en el olvido que habita bajo tierra. Escribe de las aves que no saben de sus nombres y de los niños que fueron filmados en daguerrotipos de hace siglos, que murieron ancianos sin saberse leídos ni imaginarse vistos en la misma pantalla donde se deshila la narración de una historia que no debe estirarse como imagen de espejo, para que no se distorsione el gesto de Guillaume al ver los ojos luminosos de sus padres en un sendero de los Jardines de Luxemburgo y luego, cuando mira a sus hijos en la nieve o en la mesa o en el rostro como espejo de Catalina que se pierde en silencio, con un tenedor de plata en la mano, posando para un pintor de cuyo nombre no quiero acordarme en este y otros párrafos donde se pinta sola.

Camina sin cansancio cada palabra que anda sobre las páginas, de vida y muertes, de todas las vidas habladas ya en tinta que deberían reflejar labios y párpados de todos los que las lean. Camina invisible las páginas que pasan por encima de todas las guerras sin afectarse por sangres y llanto, viandas de balas al vuelo y pólvora que desmorona los edificios que se quedaron intactos en palabras, número y nombre de cada una de las calles. Camina los cerros de una ciudad que no conocerás hasta deletrear sus sílabas abiertas, la boca llena de aire, los colores que se comen y flautines escondidos en el follaje de las hojas, que se han de ir sumando una por una, hasta llegar a la cifra que las convierta en novela.

Has de caminarla sin que te sienta y síguelo de cerca sin que sepa que lo narras en el instante exacto en que la mira por primera vez de lejos y luego, calla para que se oiga en medio de la narración en voz alta, en este preciso instante solitario el manojo de escarcha de un silencio indescriptible: allí, cuando Catalina se cortó con un alfiler que le dejó un caminito de sangre sobre la falda o allá, cuando Guillaume se queda absorto en una sala de conciertos donde podría jurar que las notas del piano no hacían más que clonar cada una de las pestañas de Ella, que dormita en la butaca, recostada sobre su pecho o camina en voz baja el eco interminable de la última nota que se alarga al infinito en la boca abierta del mismo piano.

Escribe el insomnio que guía el interés inicial por esta novela. El mismo interés que no se extingue con cada vez que resucites sus nombres y los enredos de su trama, su posible desenlace y los párrafos que añades cada vez que aumentas o alargas circunstancias para asombro de quién sabe cuántas miradas que escuchan la prosa, tal como ahora oyen al leer los rostros de personajes y caras de paisajes que se fueron materializando en el insomnio de las mismas mesas, el mismo Sol y la idéntica Luna, las horas precisas sin tiempo, las caras de los hombres que fueron niños y el amigo que se despide, cumplido el encargo de regalar una novela narrada para verla algún día en tinta.

Escribe el azar del insomnio, el beso que pareces dar al vacío y el olor de una fruta absolutamente desconocida; escribe en cursivas las palabras que apenas puedes pronunciar y las emociones de conversaciones que quién sabe cómo logras escuchar y hacer escuchar, creíbles y fidedignas, con la voz de cada uno de los que leen esos diálogos inventados, tan inventados que constan ya para siempre en tinta, mimeografiados por obra y gracia de lo que sale de las libretas como un follaje de hojitas que bajan volando sobre el sombrero casi ridículo del mimo que desfila con una inmensa flor de plástico amarillo, al filo de la copa. Es la misma copa que poco a poco va consumiendo el mago que narra a tus antojos, mientras te convences de marearte con café de Coatepec en la interminable madrugada con la que siembras el insomnio compartido para honra de una narración.

Escucha la voz de Xavier que parece clonar las voces de sus padres para que no pierdas detalle y no las olvides cuando tengas que leerlas en correos electrónicos, páginas fotocopiadas y la prosa que vaya entintándose con ese combustible, que se eleva en llamas con sólo escucharlo y se aquieta sobre las olas del océano que cruzó Catalina de ida a Europa y las aguas de un río que se desborda en París para amenaza del más grande los museos. Escucha la música que neciamente quieres mencionar como cortinaje de los párrafos que no precisan partituras o ambiente veraz y verificable de los escenarios por donde se te fue narrando en silencio lo que llevas años narrando a varias voces. Escucha la música indescriptible de novela, que es sinfonía expandida de una tonadita de cuento, con acordes que evocan crónicas y entrevistas, sonatina de versos ajenos... Escucha la nada, que eso también es novela.

Atrévete a soñar que —puesta ya en tinta— la novela se evapora cada vez que narraste la historia como cuento. Catalina te lo agradecerá cuando se sepa novela y no narrada en meros cuentos; que hagan cuentas los que cuentan las páginas para que una narración regalada por sus protagonistas al narrador se considere novela y no mera grabación de una lectura comunitaria. Cuenta cada hoja que le cae silenciosa al mimo sobre los párpados blancos, para que sea la novela misma la que se acumule a sus pies, habiendo sido el viento inasible que se estrellaba en su cara maquillada, obligándolo al espejismo de fingir que caminaba, oscilando o arrastrando las plantas de sus zapatillas de bailarín sobre la tierra apisonada de cada uno de tus cuadernos, en medio del bosque de tantos ruidos y males. Silencio absoluto. Cuenta cada una de las hojas en la suma total de novela que no necesariamente corresponde a los minutos exactos con sus segundos precisos en que narraste la misma historia, con los mismos avatares y circunstancias, lejos de Catalina... porque ahora la tendrás siempre cerca.

Se acercan todos los personajes a la fogata incandescente que ha narrado Xavier Dupont sobre la pantalla de los manteles, en la saliva con la que degusta memoria, la misma que se llama imaginación en boca de todo narrador. Se acercan a la pantalla los transeúntes filmados en películas de siglos y la dama al óleo que lleva un brillo en la orilla de un ojo, una diminuta pizca de pintura blanca que lloró un finísimo pincel con el que podrías intentar escribir la línea más tenue de uno solo de los secretos de esta novela que se acerca a la pupila de quien la lea, porque sale del ojo con el que la narras. Narras por ver al propio Xavier narrar lo invisible.

Vuelve al principio, como volverás o intentarás volver al final de una novela que en realidad no tiene un principio fijo, ni suma exacta de folios. Vuelve al regreso constante del final o los finales que has narrado en voz alta; y vuelve a considerar que una vez que finalice esta novela escrita, ya no hay vuelta atrás, aunque cada vez que se vuelva a leer será como si vuelves a narrarla, tal como la narra Xavier en francés y español, con dichos cubanos entrelazados en los nombres de lugares que vuelven cada vez que los evocas. Vuelve y vuela, como las hojas del mimo que ahora intenta salir de un cubo inexistente, un pequeño enredo de cuatro paredes invisibles que intenta empujar con sus palmas abiertas, mofándose de todo novelista necio que cumple la obligación de contarle páginas a lo narrado, el mínimo número de notas que ascienden como lamento de clarinete en la rapsodia azul y lánguida con la que frunce los labios el mimo atrapado en el cubo silencioso de una novela que parece que te encierra por los cuatro lados, cubo de letras, cubo de colores en rompecabezas que se supone que hasta los niños saben resolver con las yemas de los dedos cada vez que parece que redactan novelas, novelitas y novelones al memorizar las caras de los personajes al filo de las cobijas, los enredos de las tramas en el acomodo de las almohadas y el sutil misterio de los desenlaces que ni se imaginan porque ya se perdieron en las alas del sueño.

Acércate al final donde se contabilicen debidamente las páginas que exige quién sabe quién para que esto sea novela. Ata bien el perfil de Catalina y una leve sonrisa, la cara perfecta de Guillaume y la estatura imponente de cada fantasma; impregna cada muro del cubo en prosa con los olores de París y el color de Cochabamba; fija en un esfuerzo contra viento y marea cada uno de los detalles del insomnio compartido y compaginado con el que Xavier Dupont fue desenvolviendo el mural de una cosa, en realidad, indefinible que ha de ser novela ya para siempre y no mera narración. Acércate a las palabras con lupa y luego, aléjalas con telescopio como quien pone a prueba su credibilidad o credenciales narrativas que han de traspasar la ventana y el espejo, la página misma y la palabra con que nació.

Acércate al papel y huele el bosque que lo origina, oleaje de tinta en altamar y leve maquillaje en medio de un baile sin máscaras. Aléjate del mapa y desde las estrellas comprueba el sitio exacto dónde mejor brilla, oscilante y nervioso, un verbo en particular y la ira incontenible de los amargados envidiosos que apedrean cada uno de estos intentos con acusaciones de aburrimiento y acotaciones de cursilería, que el propio Xavier te advirtió como cornadas en potencia para la lidia lenta, liturgia de sacrificios en un ruedo infinito, sobre la arena ocre que se volvió sendero de un caminito en prosa. Que se alejen los innombrables, los incómodos iletrados que se creen eruditos, porque no han de percibir ni de cerca la callada música sencilla de una historia maravilla que se me regaló para ponerla en tinta. No más.

Cuenta los caracteres e informa al incierto comité de su contabilidad que pretendes cumplir obedientemente con el riguroso rasero de doscientas páginas como mínima consideración para que sea novela lo que nació como cuento y vivió varios años como narración sin tinta alguna. Cuenta los minutos que te tardas en leer en voz alta esta versión de *Cochabamba* ya como novela en tinta y verifica si da para ser considerada radionovela o mero pódcast y cuenta nuevamente la historia cada vez que quieras contarle a alguien el regalo que a veces llega sin solicitud. Cuenta a Xavier como cuento para evocarlo y a Philippe para agradecer la conocencia y cuéntale, a quien más confianza le tengas, el rapto en medio de un bosque de hojas sueltas, donde el mimo de novelas mima cada intento para que deje de ser cuento y atrape así a posibles lectores entre las cuatro paredes invisibles que se vuelven cubo si esta misma página se hinchara en tercera dimensión y se volviera espejo de Catalina con música callada de Guillaume y los soldaditos de plomo de sus hijos, desfilando por una maqueta de perfecta escala por donde serpentea un trenecillo que ronca un vaporcillo que envuelve a una filita de pasajeros diminutos en el andén de una juguetería, allí donde alguien lee en silencio las páginas que escuchas al escribir lo que quizá también lee un viajero en un tren del siglo pasado como memoria viva, recuerdo palpable de unas personas que conoció en un párrafo anterior.

Cuenta los caracteres de cada personaje que quizá no quedó debidamente delineado o deletreado precisamente para que sea cada lector o escucha el responsable de su perfil palpable. Cuenta no sólo por palabras, sino por letras, cada uno de los guarismos que tabulan en linotipo o magia digitalizada cada una de las palabras que conforman debidamente lo que constituye una novela: palabras y no más que palabras. Que, si la mirada de Catalina tiene tintes de avellana con una diminuta gotita de luz pintada, o que si Guillaume llegó a portar un bigote perfecto sobre la boca con la que a veces cantaba boleros, o que si las cejas de Don Evaristo eran esparto de su espanto y las manos de una muchachita de Cochabamba parecen deshilar la orilla de un delantal o acomodar la cofia como diadema de una anciana en sus arrugas... no son más que palabras. Que si el paisaje de Cochabamba puede marear por las alturas o producir sueños intranquilos por exceso de oxígeno en noches tibias, o que el perfil recortado de ciertas azoteas de París al amanecer son réplica, o calca al carbón del perfecto electrocardiograma que precede a los infartos... no son más que palabras y no más que palabras las que determinaron que una novela ha de durar exactamente doscientas páginas o menos de doscientos minutos en público, leída en voz alta con los ojos cerrados para que la narración se vuelva ecuménica y compartida, común y corriente en boca y lectura de cada uno de los testigos que a partir de esta página llevan ya tatuado el rostro de Catalina, por cada una de sus letras en las palmas de sus manos lectoras y, en el silencio de los párpados, el paisaje de Cochabamba, por lo escrito en la portada.

Pasa ya en limpio —de la tinta morada de una pluma fuente a la pantalla portátil de una moderna máquina de escribir— cada una de las páginas con las que te acercas a la cifra solicitada para que el regalo narrado por Xavier Dupont sea novela, hecha y derecha. No imprimas aún, hasta que cuajes el final que intuye cada lector con la yema de los dedos que le miden las pocas páginas que le quedan por delante y vuelve a leer lentamente —sin prisas de coloquio o pausas de auditorio—, procurando corregir cada errata y disparate. Deja al pie de página las acotaciones que no merecen abultar el cuerpo o torso de la narración (aunque haya quien sugiera que eso no debe pasar en novelas) y revisa las palabras en cursivas que se delatan en francés, corrobora las fechas para corroborar lo que sólo la mala leche califique de imposible, y alivia con comas o puntos suspensivos la respiración de las frases. Acepta sin culpa que hay frases que se alargan como enredadera sobre la pared invisible del mimo en prosa, y evita el abuso de adjetivos innecesarios, pues tienes la voz de los protagonistas para calificar cada verbo y repite los insomnios de siempre, sin horarios, pero en estricto apego al calendario y su rasero, para delimitar con absoluta precisión el instante en que imprimes por primera vez la novela que enviarás a Xavier en sobre sellado, con la vergüenza de una firma oculta para no agriar el sereno misterio de un seudónimo que te libre de los espejos y las ideas preconcebidas, que te libre de pretextos y te brinde el blindaje honesto de que la novela se narra sola.

A partir de muy pocas páginas, de allí en adelante, la novela se narrará como evocación del regalo que te hizo Xavier y como la narraste tantas veces a lo largo de los años, pero se narra sola con la voz de cada uno de los posibles lectores y de los propios personajes que han de leerse a sí mismos, hechizados, azorados y embrujados al filo del piano o bar, almohada o tren, tableta luminosa o papel de buen gramaje, porque la novela se cuenta a sí misma las páginas que la conforman y los minutos que la narran, los paisajes desconocidos que sólo se clonan en mapas y guías para turistas; la novela se narra sola y a solas, aunque haya quien te vea leyendo, es a solas que la vuelves el cubo de paredes intocables y aunque haya quien te vio escribirla en voz alta —y luego, escribirla en tinta— vas solo en el aliento con el que la novela se novela.

Eso es: la novela se novela, porque deja de ser cuento, aunque contenga los cuentos necesarios para novelarla. La novela se novela cada vez que la escribe el novelista y cada vez que la re-escribe la lectora de novelas, la propia Catalina que se sabe novela, más que personaje, y la voz de Xavier que noveló cada vez que narró novela como regalo para quien la narró como cuento tantos años, hasta descubrir que se me hinchaba como novela.

Así que maréate solito en solitario acompañamiento en medio de mariachis, metáfora que no merece cuento, para reír a carcajadas la hermosa vida, fugaz y efímera como de novela, entre los amigos que provocaron el azar que ahora tienes entre manos. Marea la cuenta exacta de cada personaje que conforma las páginas exactas de novela y cuenta luego el cuento de cómo se fue novelando, desde la narración inicial de Xavier y de la primera o última vez que la contaste en público. Marea a quien se deje marear con la literatura sin náusea —abollada quizá por los ataques innecesarios, laureada quizá con elogios inesperados—, y que la marea oscile entre el son y la sonata, la balada que parece bolero, y el pinche mariachi que no se calle. Mareados, los que se hacen a la mar para atravesar el bosque donde un mimo naufraga en lo invisible, y mareados todos los oyentes de la aventura inconcebible de Catalina sobre las páginas de su propia vida, sin mareos ni en altamar ni en al altar donde se narra como evangelio su biografía inalcanzable, aunque ya en tinta dibujada... más al óleo que el retrato que le hiciera un anónimo innombrable. Tampoco se marea Guillaume en el baile que es metáfora de toda la vida que le giró en derredor de Catalina, y mareada la Matriarca que bajó de su pedestal impostado ante la serena majestad de una princesa que la cautivó al instante, tal como hipnotizó al mundo entero, a sus lectores y narradores, con puras palabras puras e impuras que intentan narrarla en tinta, inasible e indescriptible del todo, porque no alcanza el número de palabras ni la cuenta exacta del mínimo de sus páginas para delinear o deletrear el cuerpo y su belleza, su rostro y todas las caras, la sinonimia de su biografía con todas y cada una de las mujeres que se quedan ya para siempre en memoria, habiendo habitado no más que imaginación o palabras.

Todas las letras del mariachi mareado en la madrugada ondulante, sin beber emborrachado de emociones, mientras dos franceses le cantan al *mariage* de Catalina y Guillaume en la noche repetitiva de la iguana como alebrije, el delirio demencial de deletrear sin tinta lo que tarde o temprano ha de tatuarse en papel, sobre la madrugada revolvente de la plaza de Garibaldi. Cada amanecer, uno y el mismo, donde ha de leerse al azar cada capítulo de una historia que se contó con pausas y preguntas, ahora encerradas en el cubo impalpable del mimo que se queda sin palabras, hundido hasta los tobillos en el montículo de otoños, en medio de un bosque de papel... que te corta la yema del dedo con el filo de una hoja o se engrasa la pantalla de la tableta donde quisieras intercalar todas las fotografías que ya imaginas también para cada paso de la aventura aquí narrada... papel de árbol reciclado o pantalla de colores, música callada de cada una de las músicas que le fuiste añadiendo a lo narrado, incluso en la madrugada de mariachis que intercalaban un son montuno con las miradas sinfónicas de Xavier y Philippe, dos de tres mosqueteros donde quién sabe quién olvidó a *D'Artagnan*, que es el verdadero protagonista de la novela que los narra, tal como quién sabe dónde quedaron todos los nombres de los esfumados de Cochabamba o París, los deportados del tiempo, los viajeros en el andén de Garibaldi que abordan un son para desembocar en una entrada del Metro de París, sin colores en las palabras de tipografía variada, al filo de una reja de herrería dibujada que circula el claustro de un patio de lilas, campo de lavanda en Provenza, cosido sobre el manto de seda de un capote de paseo que sirve de almohadón almidonado para el primer sueño de una noche de víspera, cada víspera de todas las noches en que se ha de leer una vez más la historia que se creía ya oída, ya leída desde hace muchas noches.

Imagina que ya lees lo que ahora imprimes en la memoria, mariachi al fondo, rodeado de turistas y borrachos en el bosque de Garibaldi de la Ciudad de México, donde rondas por primera vez con Xavier y Philippe. Se han de reunir en tinta y que cada quien los imagine como no serás capaz de describirlos, para abono de los otros nombres de esta novela regalada, los personajes que cada lector ha de comparar con sí mismo o el vacío, con cerrar las páginas dentro de muy pocas páginas para retratar en memoria lo que se contagió por imaginación y eso es lo que ha de ocuparte en cada madrugada cuando vuelvas a dudarle a la novela que se alimenta de cuentos, cada cuento con las ganas de hincharse en novela, cada vez que alguien te pida que narres algo de sobremesa, como postre o ponencia en los coloquios y viático para ferias de libros y libreros donde todo mundo quiere confirmar si eres escritor por narrarte en voz alta: tú mismo, novela al novelar como novelista la novela que te novelaron al narrarla como el cuento que contaste hasta el hartazgo, quizá ya monótono y cansino, contando por contar para que no cuente lo demás, lo que rodea al mimo en medio del bosque ahora que lo vuelves a evocar para que lo vean en silencio todos los que ya lo vieron o reconocieron como retrato de Marcel Marceau, aunque no es más que un espejismo con la cara pintada de blanco que aquí se refleja por palabras y puras palabras las notas que va desgranando el mariachi y una canción de Manzanero en la madrugada imaginada y mareada de la Ciudad de México, sobre la sábana extendida de un mantel donde hace apenas unas páginas que son años, se te narró la novela de Catalina que titulas con las sílabas anchas de un paisaje lejos de Coyoacán y de París.

Gastronomía verbal es también novela por los sabores que contagias con sólo nombrarlos. Xavier evoca el amanecer en mango y Philippe menciona la noche como zapote prieto; imagina entonces los cerros de limones amontonados y la sangre de doscientos kilos de tomate vertidos sobre una carretera en plena guerra. Hablar de la tierra lodosa de un mole poblano y del rojo amanecer de una jarra de Jamaica, de la mantequilla amarilla que se derrite en los labios de Catalina y el filo de sus labios color mamey que sólo pueden llamarse *mamey* a sí mismos. Escribe del color invisible y baboso de las entrañas de una granada de china y de una fruta desconocida que alguien recuerda de su estancia en Cochabamba, el lulo de Colombia, y las uvas de una Nochevieja y ciruelas insólitas que se desgajan de una canción de Georges Brassens, cantando en el mareo interminable de una tornaboda *historique en Paris*, como si se jalara a todo lo largo y ancho de *Champs Élysées* seguido del mariachi que marea la misma madrugada en otro tiempo, ya de novela, donde todo lo leído se vuelve fehaciente, lentamente fugaz, efímeramente eterno, prolongación del mínimo instante en este necio afán por palmear a ritmo de bulerías un canon barroco, mescolanza de todos los mestizajes mexicanos que se filtran en el paladar y en las canciones y en las fachadas de los templos de siglos, a la vuelta de un palacio de París en plena Alameda Central, zigzagueante el viento que parece tumbarnos de espaldas, mientras no le perdemos ni un solo paso a la prosa, arrastrando vocales y cada línea que se va hilando sobre una página blanca como de nieve.

Así que novela al filo de despedirse en papel, habiendo narrado los regresos y El Retiro, desde una terraza en Madrid con tinta morada que nace en México, narrada por Xavier por azar de Philippe. Así que novela para que grabes de memoria el nombre de Catalina sin apellido y Guillaume sin condado, al filo del candado con el que tengo que cerrar como despedida esta historia que ha venido ventilándose desde hace años en voz alta. Novela que ahora lanza su oleaje a la diatriba y al escarnio o al aplauso y quizá también lágrima de quien la honre leyéndola sin prejuicios ni pretextos, sin pretensiones ni premuras... con un posible premio o presencia y presentaciones. Novela al fin que quizá no logré definir del todo ni cuadricularla en los patrones de costumbre, porque novela ha de ser gerundio: uno está novelando al narrar cuentos y novelando al intentar poner en tinta la narración que merece novela, pero también se está novelando cuando uno lee en el vagón del Metro la aventura que te ayuda a escapar de cada trayecto en tus rutinas y uno está novelando en la madrugada que se desgasta leída sobre la almohada más cómoda del mundo y uno va novelando cuando camina sin rumbo por una ciudad desconocida, tanto como está novelando la mujer que se queda con la mirada fija en el recuerdo que parece dibujársele sobre la superficie llovida de una ventana. Novelando van los niños que alargan el recreo, más allá de sus pupitres y novelando se nos fue de este mundo el anciano que no aguantó el confinamiento de la última pandemia; novelando se realiza la historia clínica en los mejores consultorios médicos y novelando va el viajero que transborda por segunda vez un vuelo que ha de volverlo a ninguna parte y novelando, el historiador que ama el pretérito como viaje en el tiempo ya sin tiempo donde va novelando la poeta que escribe sus versos con la punta de un cigarro y el poeta que va novelando la crónica de un cuento anónimo que ha de convertir en versos para que lo vaya novelando una abuela con madeja de palabras, un mago con chistera de copa y flor de plástico, un soldadito napoleónico de plomo novelando la juguetería del mundo entero, vista desde la vitrina que son los ojos lluviosos de Catalina niña o mujer, apoyada sobre un barandal de estrellas, leve sonrisa al filo de un finísimo pincel que descuelga una diminuta gotita morada en la pupila del mundo donde Ella se sabe escrita, novelándose al ir novelando en cada paso en gerundio la narración que me regaló novelando su hijo, aunque yo cuenteara tantos años lo que llevo ya varias madrugadas novelando y novelando, hinchando párrafos (¿o será, *parrafeando*?) la mínima extensión posible para que todo lo novelado constituya algo más que puro cuento... más allá de lo que podría haber sido biografía autorizada y pormenorizada, pasteurizada y envasada en el estante de lo que llaman no ficción para definir algo por lo que no es, cuando novelando se novelan las mentiras para volverse verdades y novelando se vuelve fehaciente lo inverificable; novelando se quedan todos los que se fueron, los huidos y esfumados del tiempo y novelando se recorren todos los espacios que ya sólo novelando se nombran, evocan y existen. Novelando en gerundio se van sumando una por una las páginas que hasta hace poco más que lo que dura un postre en una terraza de Madrid, sobre el manto novelando de El Retiro, no era más que cuento cuenteando lo narrado narrando que ahora —perdonen el mareo psicodélico, aunque balsámico— se me fue novelando y novelando, párrafo a párrafo, parrafeando y palabra por palabra, palabreando para que el narrador narrando los cuentos cuenteando, consiga novelando lo que se vino novelando desde el primer encuentro inesperado. Es decir, novela.

Cochabamba, por fin

La madrugada con los mariachis no fue el último viaje de Xavier a la Ciudad de México, pero irónicamente el primero de los viajes en que convivimos ambos con Philippe. Tampoco fue escapada de sus responsabilidades diplomáticas, pues Xavier había ya formulado un adelanto de jubilación y venía a México para iniciar las mieles de un retiro voluntario. De hecho, pocos años después nos volvimos a juntar los tres, pero en La Habana, por una excursión triste y obligación entrañable cuando viajé a Cuba con las cenizas del infinito Eliseo Alberto de Diego y García Marruz, inmenso novelista que alumbra esta página donde repito que no pasa un solo día sin que lo piense, porque se convirtió en Hermano Mayor a primera vista, hace ya un cuarto de siglo cuando nos tocó bailar con él la intensa alegría incontenible de una más de sus novelas inmarcesibles, que releo cada año desde que Lichi supuestamente se fue de este mundo.*

Llevé a mi Lichi en brazos, en cenizas pesadas como trenza de metal o peineta del viento; Philippe y Xavier me acompañaron vestidos de rigurosa guayabera negra y nos turnamos para cargar la urna sagrada. Fefé gemela que es jimagua de Eliseo Alberto, Lichi para siempre, alquiló un

* Sergio Ramírez (que merece amanecer otra vez y pronto en una Nicaragua libre de otro tirano) no me dejará mentir aquí en esta línea, pues le consta, como hermano siamés de Lichi, que no escribo un solo verbo sin intentar honrarlos a ambos, como a todos los escritores-lectores íntegros y honestos que van dejando ejemplo con cada sílaba que fermentan.

flamante automóvil bicolor azul cielo y blanco con llantas pintadas también de blanco, Buick modelo *Riviera Special* coupe 1958, y un chofer cinematográfico de *casi seis pies de asperezas*, diría Lichi, para la peregrinación hasta las vías del tren que pasan por Arroyo Naranjo, a las afueras de La Habana donde echaron a volar las cenizas de Lichi desde un puente oxidado. De vuelta a La Habana nadie habló, aunque Fefé se encargó de modular la música a muy bajo volumen que acompañaba los sorbos de ron anciano que ejercían como ritual funerario los dos franceses y las lágrimas invisibles que compartí a dúo con Fefé, sabiendo que somos triates.

El cortejo entró a La Habana con un atardecer pintado al óleo, derritiéndose una inmensa bola de neón anaranjada sobre el mar quieto, en cuanto Fefé nos dejó en la casa habanera de Xavier jubilado de toda diplomacia, vuelto a la sana libertad sin horarios ni obligaciones como para huarachar todas las mieles de su retiro... pero que no se retire nadie aún... que absolutamente nadie se retire de aquí porque la última vez que narré esta historia sobrevolando el Parque de El Retiro de Madrid, inicié el remate confiando en que Xavier decía necesitar como oxígeno narrarme en persona —y de paso, con Philippe de testigo de honor— la increíble y triste muerte de un minero enamorado como si cantase una ranchera de José Alfredo Jiménez y de allí, que acepté acompañarlos a Garibaldi y anduve sudando café de olla y litros de refresco sin azúcar en las butacas del Tenampa para acompañar al par de bohemios que combinaban a coro la de *Dile a Catalina* con otros sones montunos. Aunque de vuelta a los rumbos de Coyoacán me dejaban escuchar en el coche el Adagio de la Sonata de Beethoven (gran cosa que les valió madre), le subían el volumen al bolero de Armando Manzanero con la enfatizada súplica e insistente decreto de no poner ni por equivocación al cuarteto de Liverpool, porque Philippe los detesta.

No sería hasta volver a casa habiéndonos despedido de Xavier en un nuevo amanecer que nos pescaba en las puertas de su hotel de toda la vida, y habiendo dejado a Phillipe en su hogar ya entrada otra mañana en la gran Ciudad de México, cuando volví finalmente a casa, me puse los audífonos y equivocadamente pensé que a continuación escribiría como estocada fulminante en el centro del ruedo del universo *The End* de The Beatles...

... pero seguí dejando pasar los años. Me quedaba pendiente conocer Cochabamba y aprovechar que el viaje que me habían prometido Xavier y sus hermanos hace ya mucho tiempo ya no tendría que incluir la excursión a París, pues entrevistaría a su madre y me hospedaría en la legendaria mansión el tiempo necesario para de veras intentar cuajar una novela digna, a la altura de la maravilla que se me regaló por azar.

Yo quería verle los ojos y confirmar lo que revelan sus fotografías: la belleza sin edad ni tiempo, la sonrisa leve sin velo de por medio, desvelo de todos los horarios para redactarla en su presencia y allí, delante de ella, escribir por ejemplo que bastaba verla andar de lejos, que no se necesita la voz para escucharle las palabras que uno imagina, y allí mismo, frente a ella de quién sabe cuántas vidas, imaginar que giro abrazado al compás de su caderas y soy el roble que pudo ser noble y el noble que no quiso ser conde y las veredas arboladas de un campo de niebla. Soy la nube que vuela desde un manto de cerros verdes hasta los prados interminables de lavanda en lila, arrugas de la anciana y el ceño fruncido de un ogro ignorante. Somos las palabras que se fueron hilando para narrar esta historia que celebran tres amigos al filo de una madrugada de papel, párrafos cantados en versos de quién sabe qué bardo en pautados papeles de una especie de taquigrafía que parece filita de hormigas. Soy todos los que ya han leído hasta aquí y las que se quedaban escuchando la narración, más allá del aula o el auditorio, insistiendo en que la pusiera en tinta y soy la mano que se levanta para corregirle al narrador ciertos datos de su propio cuento que desconoce porque le consta la novela a quien la imagina, como quien imagina Cochabamba sin haberla visto jamás. Imagina la voz que no precisas oír para escuchar el paisaje absolutamente desconocido de París e imagina portada, páginas y presentación de una novela que apenas llega a palabras legibles, aunque imaginas todo eso desde que intentas narrar el cuento desde la primera vez, como nana para convocar el sueño de tus hijos o allanar la distraída imaginación que ecualiza a toda el aula de alumnos que parecen olvidarse de todo el ruido, imantados por una historia que imaginan al unísono, donde abrazan en el aire a sus abuelos ya muertos y llegan a oler las flores invisibles.

No recuerdo ni anoté la fecha exacta del día en que me llamaron de una estación de radio para ver si me animaba a grabar algún cuento o cuentínimo sobre el Amor. Así nomás: querían saber si yo había escrito o si había ya publicado algún relato que rondara en torno al Amor (así, con mayúsculas), y lejos de pensar en lo cursi o ridículo o banal o trillado que podría insinuar la ocurrencia y en verdad, sin mayores problemas ni de ánimo o dicción, grabé una versión abreviada de *Cochabamba* más o menos como lo narraba en público,* y al terminar la grabación, los técnicos indicaron que quedaba justo para los cincuenta y nueve minutos de tiempo con el que contaban para su programa, dejando un minuto para la cortinilla de despedida.

Me enviaron el pódcast a los pocos días de que salió al aire esa versión que grabé de *Cochabamba* y se me ocurrió copiar el archivo, pegarlo como documento adjunto y escribirle un correo electrónico para compartirlo con Xavier. Lo envié esa misma tarde a una dirección electrónica

* A veces se alargaba más de una hora la narración, y a menudo se recortaba, ya por las interrupciones o bien por el tiempo transcurrido, a menos de una hora.

cubana, como quien lanza una botella de náufrago al mar sin mucha esperanza de que en realidad le permita llegar a costa el censurado oleaje del internet en la isla, cuantimás pensando en la conexión de la anciana casona de fachada cacariza con mecedoras de madera clara que se mueven solas con la brisa de madrugadas. Allí hay muchos geranios de quién sabe cuántos colores en esa callada casona, tal como la conocí con Philippe y la sombra de Lichi que suele esconderse en una bocacalle cercana...

—*Chèr Georges... Mon très chér ami...* Llegó —como podrás suponer— tu hermoso correo y he escuchado llorando —¡por fin!— el cuento que hace años te pedimos y prometiste... Es un hermoso homenaje para mi madre, Catalina... que falleció hace dos semanas en Cochabamba. Ayer mismo pensaba escribirte unas líneas, pero me ganaste, o será eso del Agua de Azar que tanto repites... Recibe todo el amor de mis hermanos y la gratitud por esa grabación que supongo ya te obliga a poner todo esto en tinta de novela... así que, sin más, te mando una fotografía de su tumba:

CATALINA
Viuda de Guillaume Dupont
1938-2011
Viuda del minero Pedro García
Desde el día en que tocó a la puerta.

FIN

Índice

Este libro se terminó
de imprimir en
Móstoles, Madrid,
en el mes de
noviembre de 2023

«**Para viajar lejos no hay mejor nave que un libro**».

EMILY DICKINSON

Gracias por tu lectura de este libro.

En **penguinlibros.club** encontrarás las mejores recomendaciones de lectura.

Únete a nuestra comunidad y viaja con nosotros.

penguinlibros.club